MES

SANSONNETS

PRÉCÉDÉS

DE L'HISTORIQUE DU SONNET
ET DE LA CRITIQUE DES SONNETS CÉLÈBRES
DE DIVERSES PIÈCES DE LITTÉRATURE TRÈS-CURIEUSES
ENTRE AUTRES LE « TABLEAU DE LA VIE »
OUVRAGE RARE ET ÉPUISÉ

PAR

CHARLES SOULLIER

Prix : 2 fr. 50.

PARIS

CHEZ L'AUTEUR, 49, RUE MONTMARTRE

1878

MES

SANSONNETS

TYPOGRAPHIE MORRIS PÈRE ET FILS

64, RUE AMELOT, 64

MES
SANSONNETS

PRÉCÉDÉS

DE L'HISTORIQUE DU SONNET
ET DE LA CRITIQUE DES SONNETS CÉLÈBRES
DE DIVERSES PIÈCES DE LITTÉRATURE TRÈS-CURIEUSES
ENTRE AUTRES LE « TABLEAU DE LA VIE »
OUVRAGE RARE ET ÉPUISÉ

PAR

CHARLES SOULLIER

.....

Prix : 2 fr. 50.

PARIS
CHEZ L'AUTEUR, 49, RUE MONTMARTRE
—
1878

OUVRAGES DU MÊME AUTEUR :

Épître à un matérialiste, sur la divinité, accompagnée de notes très-intéressantes sur le siége de Paris par les Prussiens et sur la Commune, 2° éd. de 1872, prix.............................. » 75

Les Néogammes, essai scientifique d'une nouvelle théorie musicale, ouvrage dédié à M. Krantz, commissaire général de l'Exposition universelle de 1878, prix............................ 1 »

Ode sur la Paix, à l'occasion de l'Exposition de 1878, brochure in-8, dédiée à M. le maréchal de Mac-Mahon, président de la République française, prix » 25

Le Tableau de la vie, grande feuille in-fol., illustrée, au chromo, avec ornements de luxe, entièrement épuisée. Il n'en reste plus qu'un seul exemplaire encadré, prix............................ 100 »

Traduction en vers français de douze Noëls provençaux de Nicolas Saboly (1669 à 1674), arrangés en chœur pour trois voix. Gustave Avocat, éditeur. Prix net............................ 3 »

Noël inédit de Nicolas Saboly, traduit en vers français, mis en musique et arrangé en chœur, avec le texte original. — (Médaille d'argent)....... 3 »

La Gallomanie, ou **Le Nouvel Abeilard**, poëme héroï-comique en six chants, orné de figures et vignettes, imprimé en 1834, à mille exemplaires, chez Guiraudet. Il n'en reste plus que deux exemplaires, l'un broché et l'autre relié. — Avis aux collectionneurs........................ 10 »

Les Oiseaux politiques, poëme héroï-comique en trois chants, imprimé à la même époque chez le même imprimeur. (Édition épuisée.).......... » »

Napoléon peint par lui-même, recueil de ses pensées. Imprimerie Lacombe. (Épuisé.)........... » »

En manuscrits, 32 Pièces de Théâtre : Comédies, Drames, Vaudevilles ou Traductions lyriques...   » »

Relation d'un grand voyage pittoresque dans les Planètes, ouvrage historique et astronomique contenant les mystères et les développements d'un nouveau système théosophique, précédé d'une Lettre de CAMILLE FLAMMARION en forme de préface (2 volumes).............. .... » »

Deux traductions lyriques inédites : **La Gazza Ladra** et **Inganno Felice** de Rossini.

———— ∽∽∽∽ ————

Un troisième volume de poésies françaises : **Une Vie de Garçon**; **Crinola**; **le Fils du père Thomas**, épisode de la guerre de Crimée; collection de journaux publiés, soit à Paris, soit en province. — **Le Naïbi**, journal mensuel pour la jeunesse, avec douze jeux sur toutes les sciences principales de l'instruction. — **Examen critique sur Racine**. — **Les Deux Ouvriers**, scène dramatique, en vers français, des mœurs populaires du jour. — **Coq-à-l'Anas**, tragédie burlesque en vers français, trois actes. — **Deux pour un**, opérette en un acte, en partition. — **L'eus-tu cru!** saynète en un acte pour deux personnages, avec partition. — **Cécile, vierge martyre**, oratorio en trois actes, en vers français, musique à faire. — **Noblesse oblige**, proverbe mis en musique. — **La Fête des Arts**, divertissement musical. — Nombre de chœurs orphéoniques, à trois ou quatre voix d'hommes, gravés ou manuscrits. — Romances, chansonnettes, nocturnes, en feuilles gravées ou en albums, etc., etc.

————

A MON FILS ALBERT

SONNET DÉDICATOIRE ET *sans défaut*.

S'il est *sans défaut*, un sonnet,
Vaut à lui seul un long poëme !
Un jour, dans son code suprême,
Boileau nous l'a déclaré net.

Eh bien, mon cher fils, moi qui t'aime,
Je t'en offre cent, mis au net,
Sinon parfaits; l'auteur lui-même,
Ici présent, le reconnait.

Mais, je veux tenter la fortune;
J'ai de la chance, il n'en faut qu'une
Pour trouver ce sonnet vainqueur.

Certes, celui que tu vas lire
Est *sans défaut*, on peut le dire,
Car c'est le poëme du cœur !

CHARLES SOULLIER.

b.

AVANT-PROPOS

—

Mes sansonnets !... Qu'est-ce que cela signifie ? vont s'écrier les braves gens que l'on a l'habitude d'appeler hommes *sérieux*.

Du sansonnet je ne dirai rien : tous mes lecteurs doivent connaître ce bel oiseau ; aussi bien qu'au merle on peut lui apprendre à chanter et même à parler.

J'aurai seulement à plaider ici la cause du *sonnet* ; et, à ce propos, j'essaierai de prendre mon esprit à deux mains... Que dis-je ? J'oserai même, s'il le faut, me mettre en quatre, afin que mon public puisse me regarder sans rire quand je lui aurai avoué que je vais lui en livrer cent, — cent sonnets ! — lorsqu'un seul peut suffire , ur conduire un poète à l'immortalité, témoins : Messires Malleville, Desbarreaux et autres académiciens de la première couvée, dont nous aurons à parler tout à l'heure.

En attendant, il me plait de vous dire que je veux aborder mon ennemi par la valeur du nombre. Chacun son système. C'est, d'ailleurs, aujourd'hui le système à la mode. En littérature, comme en politique, il faut bien en passer

par le suffrage universel qui, jusqu'à ce jour, n'a pas trop
mal réussi, comme vous voyez...

En cela, du reste, je ferai aussi comme les Prussiens, qui,
en 1870, se présentèrent devant nous, *cinq contre un*, pour
vaincre nos mauvaises intentions ; seulement, je tâcherai,
comme eux, d'armer mes batteries d'autant de bons *canons
Krupp* et de *fusils à aiguille* qu'il me sera possible. Après
cela, ceux de mes lecteurs qui ne seront pas satisfaits pour-
ront s'en appeler au congrès littéraire qui n'ose prendre
aucune décision ; et si, au contraire, par aventure, je suis
vainqueur, après avoir tiré de vos coffres quelques petits
milliards, comme je n'oserai pas vous regarder en face, je
me ferai retrancher derrière les barrières du Louvre, par
quatre de vos meilleurs fusiliers et un caporal, afin de pouvoir vous faire mes adieux sans péril.

Car, il faut bien que vous sachiez ceci, avant de me lire.
Je me méfie un peu de mes lecteurs que je considère, en
général, comme mes ennemis naturels... et ce n'est pas
d'aujourd'hui que j'ose leur décocher des franchises, en dépit
d'eux-mêmes. Écoutez plutôt :

En 1860, il me prit fantaisie de publier, à Paris, un
volume d'alexandrins : PARIS NEUF ou *Rêve et réalité,
satires parisiennes*. On trouvait là, en effet, quarante-cinq
satires sur toutes les questions et sur tous les sujets du
temps : histoire, philosophie, littérature, tableaux de
mœurs, sciences et arts. Tout avait sa part dans cette juste
critique que la salubrité morale de la capitale du monde,
soi-disant civilisée, réclame encore aujourd'hui, et en faveur
de laquelle je reprends mon œuvre en miniature dans *mes
sansonnets*.

Mais, dans ces susdites quarante-cinq satires, j'eus le mal-

lieur d'appeler *chat un chat* et *Figaro* une feuille à vendre.
Quand je dis *Figaro*, je suis peut-être ici un peu exclusif :
Allons! Pas de préférence; il y aurait peut-être des jaloux.
Je veux dire la presse parisienne, en général, à quelques
légères exceptions près. Voici donc ce qu'on lisait dans la
viiie satire sur *la presse* :

« Votre presse ressemble à la fille perdue :
« Elle veut être libre, alors qu'elle est vendue.
« Des Juifs monopoleurs, des traitants, des fermiers,
« Une bourse à la main, sont venus, les premiers,
« La lier par un bail ; et, grâce à cette ferme,
« Qui dans un cercle étroit l'emprisonne et l'enferme,
« Ils ont fait un valet du maitre le plus vain,
« Un écrivain public d'un habile écrivain. »

Voyez la suite dans le livre lui-même; Taxile Delor avoua
dans *le Siècle*, malgré la colère concentrée de ses amis,
que *Paris neuf* ne pouvait pas rester sans citation; et dans
son numéro du 10 novembre 1861, il consacra un article
assez étendu en sa faveur.

Mais, je ne me bornais point à dire toute la vérité aux
journalistes, j'osais la dire aux écrivains les plus redoutés ;
à nos plus fiers historiens, comme aussi à nos poètes les
plus hardis et les plus autorisés Victor Hugo, en chef de file,
ne fut point épargné.

Dès lors, Jules Janin qui, jusque-là, m'avait accueilli
comme un frère à sa villa de Passy, me tourna le dos et me
devint même hostile, et Arsène Houssaye n'oubliait jamais
de me reconnaitre au travers de son grand carreau-judas de
l'avenue Friedland; Albéric Second que, moi le premier,

j'avais lancé dans le monde littéraire, Albéric lui-même ne
craigni... pas de me devenir hostile, et enfin toute la pléiade
des petits grands hommes de lettres de la rue Jouffroy-Marie
bondit comme un seul diable; et mon pauvre livre, payant
le prix de son indépendance, perdit, dès ce jour, cent pour
cent de sa valeur intrinsèque; mais il avait un autre titre
de proscription :

« J'ai lu votre travail par considération pour vous, d'abord,
« parce que je vous connais, me dit, un jour, Paul d'Yvoy,
« alors chroniqueur du *Figaro*, et j'en suis bien aise, parce
« que cette première lecture m'en a heureusement imposé
« une seconde ; mais personne autre ne le lira.

— Pourquoi cela ?

— Parce que *ce sont des vers.*

— Mais, ce sont des satires : cela ne peut pas être autre
chose.

— N'importe, *ce sont des vers !*

— O bêtise humaine !

— Que voulez-vous, mon cher ami, c'est notre siècle; le
temps l'a fait ainsi et il faut en passer par là. »

Puis, prenant le volume qui se trouvait sur sa table de
travail :

— Ne l'avez-vous pas dit vous-même ? ajouta-t-il.

« *Plus de vers !* »

Et il se prit à lire la péroraison de ma première satire qui
porte ce titre :

> « *Plus de vers !* C'est l'esprit soumis à la matière;
> « C'est le lâche honteux mesurant la carrière;
> « C'est la lourde ignorance, au sourire moqueur,
> « Qui ne sent plus vibrer les cordes de son cœur !

« Quand cette grande voix du ciel et des prophètes,
« Qui, depuis deux mille ans, fut celle des poètes,
« Leur aura refusé ses inspirations,
« Et ne se fera plus entendre aux nations ;
« Quand l'art du Créateur et toutes ses merveilles
« Cesseront de charmer nos yeux et nos oreilles ;
« Quand les champs n'auront plus de verdure et de fleurs,
« Les rochers plus d'échos, l'aurore plus de pleurs ;
« Quand on appellera fard, grimace ou chimère,
« Les caresses d'un fils, les baisers d'une mère ;
« Quand ce phénix divin, toujours ressuscité,
« L'amour, ne sera plus le Dieu de la beauté ;
« Quand nous deviendrons sourds, insensibles aux larmes,
« Qui de l'infortuné sont les dernières armes ;
« Quand le vice, impuni dans son égarement,
« Aura d'un coup mortel frappé le sentiment ;
« Enfin, quand l'égoïsme et ses froideurs hautaines,
« Après avoir glacé notre sang dans nos veines,
« Nous aura condamnés à d'éternels hivers,
« Alors... nous pourrons dire avec vous : *plus de vers !* »

Paul d'Ivoy, qui avait du cœur et beaucoup d'esprit, me serra affectueusement la main après la lecture de ces derniers vers ; une larme tomba de ses yeux sur sa poitrine oppressée, et il me dit d'une voix très-émue :

« — Ah ! croyez bien, mon cher compatriote (il était comme « moi d'Avignon), croyez bien qu'il n'a pas dépendu de moi « que votre excellent ouvrage ne fût mentionné honorable- « ment dans le *Figaro*. Je l'ai vainement tenté, à plusieurs « reprises, et je suis encore à me demander pourquoi la « rédaction en chef de notre journal s'y est constamment « refusée. Mais, que voulez-vous ! Il y a des mystères im- « pénétrables dans les faits et gestes du journalisme. »

Ce brave jeune homme, aujourd'hui éteint, n'était autre que Deleutre, l'un des fils de la famille opulente de ce nom que des revers de fortune avaient jeté à Paris.

« Vos satires, reprit-il, sont très-intéressantes; elles « sont pleines de traits piquants, de bons conseils et de « vérités utiles; mais elles nous arrivent à Paris dans un « mauvais temps, où l'on n'y fait plus que de la littérature « *cochinchinoise*, autrement dit de la prose de commerce, « qui n'est autre chose que le commerce de la prose. »

— On parlera, peut-être, de vos vers quand vous serez mort, me dit-il en finissant.

— Je ferai en sorte, lui répondis-je, que ce droit me soit revendiqué de mon vivant. Je tiens peu à la gloire posthume. La trompette de la renommée en ce monde n'a que faire de celle du jugement dernier. ✦

« *Fais ce que dois, advienne que pourra !* » fit Deleutre, en me serrant la main; et nous nous séparâmes.

A part le talent littéraire qu'aucun homme n'a le droit de s'attribuer, ni encore moins de s'en appliquer le mérite, il est une autre qualité rare que tout auteur peut envisager en sa faveur et dont il peut même se glorifier sans forfanterie. Cette qualité, relativement modeste, on a dû sans doute l'avoir remarquée en moi : c'est l'esprit d'impartialité en toutes choses, mais notamment en politique. J'ai payé assez cher ce caractère, plus généreux que profitable, pour qu'on ne m'en refuse point aujourd'hui le mérite ou l'honneur.

Dans mon *Histoire de la Révolution d'Avignon*, je me suis créé des ennemis dans les deux partis en présence, pour avoir fait l'apologie de 89 en le distinguant de 93; et pour avoir voulu blâmer tous les extrêmes, sous quelque drapeau qu'ils se soient présentés. Enfin l'on n'en finirait pas sur le chapitre des Zoïles en tous genres.

Mais en voilà assez pour les préambules d'une préface, et entrons en matière.

HISTORIQUE DU SONNET

On a déjà beaucoup écrit sur le *Sonnet*, sur sa coupe, sur sa charpente métrique, sa contexture et sa constitution sous le double point de vue littéraire et théorique ; et certains rhéteurs, esprits creux et superficiels, n'ont pas craint de le considérer comme un genre futile. Ils ont surtout blâmé les entraves, les exigences et les obligations auxquelles ce genre de poëme a été assujetti par les règles de l'art ; sujétion, disent-ils, qui gêne puérilement sa marche et la rendent ainsi indigne de l'attention des poëtes sérieux.

Nous sommes loin d'être de l'avis de ces critiques de convention prétentieuse qui, sous prétexte de dignité ou de puritanisme littéraire, se plaisent à dédaigner, à la façon du renard de la fable, tout ce qui sort de la ligne ordinaire et des formes classiques. Ils croient ainsi s'élever au-dessus du vulgaire et ils ne font que témoigner de leur impuissance.

Oui, j'en conviens, messieurs, un sonnet, bien tourné selon les exigences de l'art, n'est pas une œuvre facile ; mais les difficultés qui lui sont imposées ne sont pas non plus une chose purement arbitraire ou fantaisiste. Ces règles ne sont pas tellement futiles qu'il faille souverainement les dédaigner, puisqu'elles ajoutent, par la forme régulière de l'œuvre, à la beauté et à la richesse de sa constitution.

Mais disons encore un mot, en passant, sur la question qui touche de plus près à la politique.

Quoi qu'il arrive, je suivrai ce même principe d'impartiale indépendance dans le petit livre que je publie aujourd'hui, où, tout en approuvant l'honorable conduite du comte du Demaine, maire de la ville d'Avignon, et en frondant l'exagération de certains radicaux, je sais apprécier aussi la sagesse démocratique, pleine de réserve et de modération du vice-président du Sénat, M. Eugène Duclerc. Rendre justice au mérite, partout où il se trouve, ce n'est pas chanter la palinodie, c'est, au contraire, faire preuve de droiture, de bonne justice et d'abnégation.

La même indépendance et la même impartialité seront observées dans le petit volume sous les rapports littéraire, philosophique ou religieux. Aucun ordre chronologique n'y sera observé, les sonnets qui en font le sujet étant tout autant de petits drames parfaitement distincts. Cette séparation en constitue même le principal mérite, puisqu'ils sont là pour la plupart comme une sorte de prétexte de jeux instructifs, de luttes d'esprit et d'amusement.

Le premier sonnet que nous devons citer ici est celui de Ste-Beuve qui s'exprime ainsi :

> Ne ris point des sonnets, ô critique moqueur!
> Par amour, autrefois, en fit le grand *Shakespeare*;
> C'est sur ce luth heureux que *Pétrarque* soupire,
> Et que *Le Tasse*, aux fers, soulage un peu son cœur.

Camoëns de son exil abrége la longueur,
Car il chante en sonnets l'amour et son empire.
Dante aime cette fleur de myrte ; il la respire
Et la mêle au cyprès qui ceint son front vainqueur.

Spencer, s'en revenant de l'île des féeries,
Exhale en longs sonnets ses tristesses chéries ;
Milton, chantant les siens, ranimait son regard.

Moi, je veux rajeunir le doux sonnet de France.
Dubelloy, le premier, l'apporta de Florence ;
Et l'on en sait plus d'un de notre vieux *Ronsard.*

DE SAINTE-BEUVE.

Il est des œuvres d'art tellement logiques et dont les
parties constitutives sont si bien liées entre elles, qu'elles
semblent innées ou incréées, et il serait imprudent et
presque téméraire de vouloir seulement y toucher. Tel est
le genre de poëme dont nous avons à nous occuper ici, et
dont la création date déjà de plusieurs siècles. Les temps
l'ont respecté, car il est arrivé aujourd'hui à un tel degré
de vogue, de considération et de popularité, qu'il a donné
naissance à une foule de publications de tout genre et de
toute nature : notices, journaux, almanachs. Tout le monde
littéraire a lu l'*Almanach du Sonnet*, publié par M. de
Gagnaud, chez I. Remondet-Aubin, libraire à Aix, en Provence; le *Sonnettiste*, fondé par M. Victor Pujo vers
l'époque du fameux concours de Pétrarque en 1874, à
Avignon. M. Chérié, libraire-éditeur à Paris, continue aujour-
d'hui cette publication.

Enfin, M. Arsène Houssaye a consacré au sonnet un

volume de luxe. Toutes ces publications existent encore
aujourd'hui, et M. Louis de Veyrières a écrit et publié
spécialement pour ce genre de petit poëme, revenu plus que
jamais à la mode, la *Monographie du Sonnet*, où tout ce
qui peut intéresser cette matière est sérieusement passé en
revue.

Nous aurons à examiner dans cette introduction si ce
genre de poëme est entaché de futilité, ou si, au contraire, il
est vraiment digne de l'attention des amateurs de la bonne
littérature et même des poètes sérieux.

En émettant à ce sujet une opinion favorable, nous
aurons d'abord pour nous celle de Boileau, et ce sera déjà
beaucoup. Voici, en effet, en quels termes le législateur du
Parnasse français nous en trace les règles dans son *Art
poétique*

« Apollon, dit le poète, à propos du sonnet :

> Voulut qu'en deux quatrains de mesure pareille,
> La rime avec deux sons frappât deux fois l'oreille ;
> Et qu'ensuite six vers artistement rangés,
> Fussent en deux tercets par le sens partagés.
> Surtout de ce poëme il bannit la licence,
> Lui-même en mesura le nombre et la cadence,
> Défendit qu'un vers faible y pût jamais entrer,
> Ni qu'un mot déjà mis osât s'y rencontrer.
> Du reste, il l'enrichit d'une beauté suprême :
> Un *sonnet* sans défaut vaut seul un long poëme.

Certes, il ne suffit pas qu'un poëme soit *long* pour qu'il
soit parfait ou qu'il ait seulement quelque valeur ; mais
Boileau a voulu faire comprendre par ce dernier vers, que
le *sonnet*, dans sa contexture, toute restreinte et toute

modeste qu'elle est par elle-même, peut être encore
susceptible d'un développement suffisant pour l'expression
d'une grande pensée, et que sa forme est ingénieuse et
originale. Il faut en déduire que ce genre de poëme,
loin d'être à dédaigner, a sa valeur et son mérite propres, et
qu'il peut être, à juste raison, considéré.

Nous sommes donc loin d'être de l'avis de Laharpe
lorsqu'il dit, à l'occasion de cette opinion de Boileau, que
« c'est là pousser trop loin le respect pour le sonnet où l'on
ne trouve d'ailleurs, ajoute-t-il, *point de différence essen-*
tielle entre sa tournure et celle des autres pièces de vers
à rimes croisées, telles que le madrigal et l'épigramme
dont le principal mérite est de finir aussi par une pensée
remarquable. »

L'hyperbole est permise en poésie, mais si quelque chose
est exagéré ici, c'est la prose du partial auteur du *Cours de*
Littérature dont la critique sèche et prétentieuse se plaisait
à dédaigner tout ce qui n'entrait pas dans l'ordre de ses
idées, sans trop se donner la peine de peser et d'approfon-
dir. Nous verrons tout à l'heure, par les citations des petits
chefs-d'œuvre que ce genre de poésie a inspirés aux poètes
académiciens, s'il fut si indigne de la préoccupation des
maîtres de l'art.

Mais commençons d'abord par en tracer les règles d'après
les bases qui en ont été posées par les principales autorités
littéraires.

1° Le sonnet se compose de 14 vers de mesure *pareille*,
principalement de douze syllabes, mais quelquefois aussi
de dix, de huit, et même au-dessous de ce chiffre, selon la
nature du sujet. Il ne faut que très-rarement se départir de
ces formes principales.

2° Ces 14 vers doivent être divisés en deux quatrains et deux tercets.

3° Il ne doit exister que deux genres de rimes dans les deux quatrains : l'une masculine et l'autre féminine. Ces rimes peuvent être consécutives ou diversement croisées selon le choix du poète.

4° Le sixain, composant les deux tercets, doit avoir trois rimes. Ces rimes doivent être différentes de celles des deux quatrains ; et elles seront disposées à volonté, selon les règles particulières des stances de six vers.

5° Il y aura un repos entier au 4me vers de chaque quatrain et un demi-repos au 2me vers de chacun d'eux.

6° Il y aura un repos entier au 3me vers du premier tercet, de sorte que les deux tercets soient partagés par le sens.

Apollon, dit le maître du Parnasse :

Défendit qu'un vers faible y pût jamais entrer.

Il y interdit les *vers gauches*, malsonnants ou rimant trop fréquemment à l'aide d'adverbes, d'adjectifs ou d'épithètes qui sont de véritables chevilles ; des vers oiseux, mis par remplissage ou pour faire nombre ; toute pensée fausse ou mal exprimée ; enfin, tout terme bas et trivial, etc.

Ce sont là tout autant de faiblesses et par conséquent de fautes.

Et maintenant, après avoir indiqué les règles, nous allons passer aux citations.

Signalons en première ligne le célèbre sonnet, généralement attribué à Desbarreaux, bien que cette attribution soit contestée par Voltaire :

Grand Dieu, tes jugements sont remplis d'équité :
Toujours tu prends plaisir à nous être propice ;
Mais j'ai tant fait de mal que jamais ta bonté
Ne peut me pardonner sans choquer ta justice.

Oui, mon Dieu ! la grandeur de mon iniquité
Ne laisse à ton pouvoir que le choix du supplice ;
Ton intérêt s'oppose à ma félicité ;
Et ta clémence même attend que je périsse.

Contente ton désir puisqu'il t'est glorieux ;
Offense-toi des pleurs qui coulent de mes yeux ;
Tonne, frappe, il est temps, rends-moi guerre pour guerre.

J'adore en périssant la raison qui t'aigrit ;
Mais *dessus quel endroit* tombera ton tonnerre
Qui ne soit tout couvert du sang de Jésus-Christ ?

Bien que ce sonnet soit fort beau, il n'est encore point parfait : car il n'existe rien de parfait dans les créations des hommes.

D'abord, au neuvième vers, l'hémistiche : *contente ton désir* est très-dur. Pour éviter cette euphonie vicieuse, l'auteur aurait pu dire : *satisfais ton désir* etc. Au douzième vers, au lieu de *j'adore* qui n'exprime point un sentiment vrai ni même possible, il aurait peut-être mieux valu *j'admire* etc., mais, au treizième vers : *mais dessus quel endroit* etc., par quoi remplacer cela ?

Citons maintenant un sonnet de Claude de Malleville, autre académicien, lequel sonnet fit beaucoup de bruit au XVIIme siècle, sans doute en considération du personnage auquel il s'adressait, le cardinal de Richelieu.

Impuissantes grandeurs, faibles dieux de la *terre*,
N'élevez plus au ciel vos *triomphes divers*;
La vertu des lauriers dont vous êtes couverts,
Ne peut vous garantir des coups de son tonnerre.

Le ministre fameux que cette tombe *enserre*,
Ne témoigne que trop aux yeux de l'univers,
Que la pourpre est sujette à l'injure des *vers*,
Et que l'éclat du monde est un *éclat de verre*.

Tous les autres veillaient au soin de sa grandeur,
Augmentaient, tous les jours, sa pompe et sa splendeur
Et rendaient en tous lieux sa puissance célèbre.

Cependant, sa puissance a trouvé son écueil;
Sa pompe n'est plus rien qu'une *pompe funèbre*
Et sa grandeur se borne à celle d'un cercueil.

N'en déplaise à sa grande célébrité, ce sonnet *enserre* encore plus d'imperfections, de faiblesses et de prosaïsme que le précédent ci-dessus cité.

Indépendamment de ce mot *enserre* qui est ici souverainement ridicule, les deux méchants calembours ou *quiproquos* qui gisent au huitième et au treizième vers déparent d'une singulière façon le caractère grave, sérieux et même tumulaire de la pièce.

Les triomphes divers qui figurent au deuxième vers ajoutent encore à la confusion de mots que le docte académicien s'est plu à entasser dans ses alexandrins, et enfin *la vertu des lauriers, tous les autres veillaient*, deux hémistiches mal encadrés aux troisième et neuvième vers, tout cela est si pauvre qu'il ne reste presque plus rien à la gloire politique de l'illustre cardinal, contestée déjà d'ailleurs par la littérature.

En somme, ce célèbre sonnet n'aura sans doute pas dû valoir un long poëme, aux yeux de Boileau.

Voyons maintenant si un autre sonnet, non moins célèbre, du même immortel, doit avoir plus de droits que celui-là à notre admiration :

LA BELLE MATINEUSE

Le silence régnait sur la terre et sur l'onde,
L'air devenait serein et l'Olympe vermeil,
Et l'amoureux zéphir, *affranchi* du sommeil
Ressuscitait les fleurs *d'une haleine féconde.*

L'Aurore déployait l'or de sa tresse blonde,
Et semait de rubis le *chemin du Soleil;*
Enfin ce Dieu venait *au plus grand* appareil
Qu'il soit jamais venu pour éclairer le monde,

Quand la jeune Philis, au visage riant,
Sortant de son palais *plus clair que l'Orient,*
Fit voir une lumière et plus vive et plus belle.

Sacré *flambeau* du jour, n'en soyez point jaloux,
Vous parûtes alors *aussi peu* devant elle,
Que *les feux de la nuit* avaient *fait* devant vous.

Ce sonnet, qui se partagea les suffrages de toute la France littéraire avec les précédents et avec celui de

Benserade et celui de Voiture, que la Cour surtout affec-
tionnait, est encore loin d'être parfait, ainsi qu'on va le voir.

Passons-lui d'abord cette reprise de la conjonction *et*, qui
commence le troisième vers et qui n'est qu'une légère
tache ; passons-lui encore *le zéphir affranchi du sommeil*
qui n'est qu'une subtilité ; passons-lui même la résurrection
des fleurs *d'une haleine féconde*, pour *de leur haleine*,
ce qui serait beaucoup plus correct.

Mais *le chemin du soleil*, au sixième vers, n'est pas
tolérable, parce que le chemin de cet astre est partout,
quand les nuages veulent bien le lui permettre. Et après,
au vers suivant, ce dieu *venant* AU *plus grand appareil
qu'il soit jamais venu*, pour *dans le plus grand appareil*
etc., sont tout autant de constructions vicieuses.

Ensuite, quoi qu'en aient pu dire la Cour et l'Académie
de ce temps-là, cette locution *fit voir*, qui figure au onzième
vers, est bien prosaïque ; *le sacré flambeau*, au vers suivant, prête à rire ; et il faut convenir que cette mesquine
contruction de *avaient fait* pour *avaient paru*, est une
négligence peu digne d'un académicien, même de ce temps-
là. Et remarquez bien que nous ne relevons point ici des
fautes qui ne devaient point être répréhensibles, à cette
époque, car cet écrivain vivait encore vers le milieu du
XVIIme siècle, peu de temps avant que Boileau, né en 1636,
eût commencé à publier ses satires, son art poétique et son
lutrin.

Vers ce même temps, qui est aussi celui où Isaac de
Benserade, gentilhomme normand, venait d'écrire son
fameux sonnet ci-dessus cité, une grande querelle qui dura
plusieurs années et qui prit un caractère tellement grave

qu'elle faillit dégénérer en véritable lutte de parti, s'éleva parmi les connaisseurs, au sujet de deux sonnets également prétendus fameux — Ceux de *Job* et d'*Uranie*.

Nous ne ferons que les désigner ici afin de ne pas multiplier les citations et pousser ainsi cette préface au delà des bornes que nous nous sommes prescrites. Nous dirons seulement qu'un de ces deux sonnets, *Uranie*, était de Voiture, l'auteur des fameuses lettres, et l'autre, ayant pour titre *Job*, de Benserade. Les partisans du premier s'appelaient les *Uranistes*, et ceux du second les *Jobelins* ou *Jobistes*; — j'allais dire *Jobardiens*, — La ville et la Cour s'agitèrent outre mesure de cette question et on en fit presque une affaire d'Etat (1). Cette lutte ridicule rappelle la fameuse guerre qui s'éleva, peu de temps après, entre les *Gluckistes* et les *Piccinistes*; car en France, l'harmonie ne règne pas davantage entre les musiciens que parmi les littérateurs et les sectaires de la politique.

Qu'on nous dispense donc de reproduire ici ces deux sonnets qui se trouvent, d'ailleurs, consignés dans presque tous les recueils du temps ; seulement, nous ne voulons pas clore la série des sonnets célèbres sans reposer un peu agréablement l'esprit de nos lecteurs, en citant celui, plus moderne, il est vrai, *Les Deux Cortéges*, de Joséphin Soulary, qui nous paraît mieux se rapprocher des vraies conditions de l'art.

(1) Laharpe dit qu'il eût été *Jobiste* et non *Uraniste*.

LES DEUX CORTÉGES

Deux cortéges se sont rencontrés, à l'Église :
L'un est morne — il conduit la bière d'un enfant ;
Une femme le suit, presque folle, étouffant,
Dans sa poitrine en feu, le sanglot qui la brise.

L'autre, c'est un baptême. — Au bras qui le défend,
Un nourrisson bégaie une note indécise ;
Sa mère, lui tendant le doux sein qu'il épuise,
L'embrasse tout entier d'un regard triomphant.

On baptise, on absout, et le temple se vide.
Les deux femmes alors se croisant sous l'abside
Echangent un regard aussitôt détourné.

Et, merveilleux retour qu'inspire la prière,
La jeune mère pleure en regardant la bière ;
La mère qui pleurait sourit au nouveau-né !

Ce tableau est si vrai, si pathétique et si touchant que la
critique n'ose pas même l'effleurer de son aile, tant elle
craindrait de le profaner ; car il n'y a pas un vers qui ne
soit une image vivante, ou une pensée qui ne soit une
fleur. Et, en effet, qu'aurait-elle à faire la critique, après que
l'œil et le cœur ont admiré ? Que deviendraient les repro-
ches de quelques rimes peu opulentes ou quelques répétitions
de mots devant des beautés où la simplicité de la forme est
dix fois rachetée par la richesse et la valeur du fond ? Le
seul endroit un peu répréhensible, mais qui échappe encore

à la critique, sous la fuite d'un regret, c'est au huitième vers, où, à propos de l'enfant de l'heureuse mère, il est dit que celle-ci

L'embrasse tout entier d'un regard triomphant.

Ce vers est magnifique, et sa chute est admirable ; mais malheureusement, il y a amphibologie. On ne sait pas si la mère embrasse du regard sa douce progéniture ou le sein qui lui prodigue son lait. Certainement, on le devine, mais on ne le voit pas assez littéralement.

Comme cette pièce est de premier ordre, nous ne voulons rien y laisser échapper à notre admiration.

PIÈCES CURIEUSES

CARACTÈRE PITTORESQUE ET HUMORISTIQUE DE CERTAINES PIÈCES DE VERS.

Ces sortes de pièces, lorsqu'elles sont ingénieusement tournées, — et c'est ce dont le lecteur aura à juger ici, — ne sont pas toujours tant à dédaigner que le pensent certains froids rhéteurs de l'Université.

Cependant, si je laisse échapper ici le mot *tour de force*, ou une seule ligne en faveur de ce que l'on appelle la difficulté vaincue, tous les *renards* littéraires de la fable, vont dédaigneusement hausser les épaules devant mes raisins trop vieux ou trop verts.., tous les *collets-montés* de la docte phalange académique vont se dresser de tout leur empois jusqu'au plus haut de leurs oreilles, et l'on ne s'entendra plus autour de moi !...

Eh bien, c'est à tort ; car enfin, sous le régime de la liberté absolue en toutes choses, il doit bien être permis de s'amuser un peu ou de passer son temps à sa fantaisie, quand cela ne nuit à personne, surtout dans le domaine de l'art !... Ferait-on un crime à un dessinateur ou à un miniaturiste d'avoir dirigé avec trop de finesse son crayon ou son pinceau? M. Émile Zola, qui a la main si positive ou si chatouilleuse, irait-il jusqu'à appesantir le plomb de son abattoir sur la tête d'un patient bénédictin, parce qu'il lui aurait plu de veiller une heure de plus dans sa cellule ?... Si cette rigidité pouvait être permise, de quel côté serait le ridicule ?

Quoi qu'il en soit, je ne ferai que révéler ici, pour l'amusement de mes lecteurs, quelques-uns de ces innocents forfaits que j'ai pu commettre, dans le cours de ma vie littéraire, et je vais livrer le coupable entre les mains de la justice de tous.

Je fouille dans mes cartons : par quelle pièce commencer ? Naturellement, nous devons donner la préférence au bon Dieu. Ce sera d'abord, si vous le permettez, un *acrostiche* ; mais, comme un simple acrostiche de lettres est une œuvre devenue aujourd'hui un peu vulgaire, pour tout le monde, et, à plus forte raison, pour le créateur du ciel et de la terre, nous en ferons un *acrostiche de mots*, lesquels mots nous seront imposés par Dieu lui-même dans son acrostiche de lettres. Nous allons éclaircir cette proposition en apparence un peu ambiguë.

TABLEAU DE LA VIE

Dieu est partout.

Dans l'espace du temps la vie est un long somme.
Il faut savoir rêver: l'espérance est un miel ;
Et le parfait bonheur, ce beau leurre, est pour l'homme
Un nectar qu'il ne peut goûter que dans le ciel.

Dans l'immense infini, cours éternel des âges,
L'espace est un grand livre ouvert à l'avenir.
Du jour au lendemain, l'homme y tourne ses pages,
Temps inconnu que DIEU *lui donne à parcourir.*
La course d'un matin que l'on appelle vie,
Vie agitée ou calme, au ciel noir ou vermeil,
Est comme, en une nuit à ses douceurs ravie,
Un rêve triste et sombre, ennemi du sommeil,
Long cauchemar, soufflé par la haine ou l'envie
Somme affreux dont la mort est le plus doux réveil.

Il est un art divin pour franchir ce passage ;
Faut-il vous l'enseigner ? DIEU *nous le révéla.*
Savoir vivre et mourir est le secret du sage:
Rêver, souffrir, attendre et prier ; tout est là.
L'espérance, œil brillant qui pour nous toujours veille,
Est comme le soleil, rayonnant sur nos pas,
Un éternel bienfait : c'est le miel de l'abeille,
Miel doux que l'on se fait, bien qu'on n'y goûte pas.

Il voici, car il faut fixer ses préférences,
Le choix que DIEU *propose : ignominie ou pleurs,*
Parfait abaissement ou cruelles souffrances;
Bonheur abominable ou secrètes douleurs !
Ce choix à prononcer dans l'ombre du mystère,
Beau sujet de combats, d'épreuves et de maux,
Leurre, appât, traquenard, piége, abime, cratère,
Est un chapitre ouvert aux plus indignes mots
Pour prouver que le roi des vivants, sur la terre,
L'homme, est le moins heureux de tous les animaux.

Un pauvre enfant de DIEU qui vide un tel calice,
Nectar empoisonné par la main du remords,
Qu'il boit jusqu'à la lie, et qui n'est qu'un supplice,
Ne peut-il point, un jour, s'amender ? Si, la mort

Peut expier son crime : il peut même, s'il pleure,
Goûter quelque douceur, à cette dernière heure
Que le pardon couronne ; et, quand il faut partir,
Dans ce moment suprême, un ange plein de gloire
Le porte sous son aile au ciel de la victoire,
Ciel bleu, par la prière ouvert au repentir.

Cette pièce, imprimée à Avignon, au chromo, en 1868, et tirée à cent exemplaires seulement, richement illustrée, enluminée et encadrée avec les attributs de la divinité, se trouve aujourd'hui encore exposée dans plusieurs musées et communautés religieuses de France ; elle est devenue si rare, qu'un riche amateur est venu nous offrir jusqu'à *cent francs* de l'unique exemplaire encadré qui nous reste et que nous réservons à une meilleure occasion.

On me fit l'honneur de m'engager à lui donner un pendant ; et, peu de temps après, j'eus, en effet, l'idée de mettre en acrostiche la fameuse anagramme latine à *marche rétrograde*, que voici :

Roma tibi subito motibus ibit amor.

ROME

Que ce soit charité, sacrifice ou bienfait,
Rome, chez toi l'amour va tout de suite au fait.
(Traduction libre de l'anagramme.)

Reine de l'univers, chez toi, ville éternelle,
On a prié naguère, on y pleure aujourd'hui.
Mars, l'impie a dit : frappe, et la guerre infidèle
A semé la discorde où la paix avait lui.

Tout ce qui peut chez l'homme enflammer le gé
Inspirer le talent, alimenter l'amour :
Beaux-arts, religion, vertu, gloire, harmonie,
Illustra Rome ancienne et sa nouvelle cour.

Sur la triple colline, où la Croix, pur symbole,
Un jour, greffa sa palme au vieux laurier romain,
Byzance à Constantin prêta son auréole,
Illumina la terre; et, dès le lendemain,
Théodose le Grand, maître du Capitole,
Ouvrit au Vatican son glorieux chemin.

Mais les jours de splendeur, source d'amour suprême
Où s'abreuvent les saints, ne sont pas éternels :
Tout s'arma contre Rome et contre ses autels.
Il est des vents impurs qui poussent au blasphème.
Bientôt Dieu renié vit son rône lui-même,
Usurpé par Satan, tomber avec éclat,
Sous le sceptre arrogant d'un petit potentat.

Ici Rome finit : Royauté, République,
Bas-Empire, Saint-Siége, Annexte, Etat-Papal,
Immense métropole et Centre catholique,
Tout Saint-Pierre n'est plus qu'un clocher capital!

Aujourd'hui, de si bas se relèvera-t-elle,
Majestueuse encor, comme à ses plus beaux jours?
Oui, car elle est la gloire et la ville éternelle :
Rome de son passé remontera le cours.

Cette seconde pièce fut composée en 1869, époque à laquelle les partisans de la papauté pouvaient encore espérer le retour du Saint-Père à Rome, la Rome catholique; mais aujourd'hui, hélas!... ils ne sauraient plus guère le rêver que sur l'anagramme, et répéter en remontant ses vingt-neuf vers avec leurs vingt-neuf lettres :

Roma tibi subitò motibus ibit amor.

Triste fiche de consolation!... A moins qu'on ne veuille aussi retourner au sens primitif de l'anagramme, selon la pensée d'un Aristarque *ultra-clérical* qui disait, un jour, que ce trop célèbre vers latin n'était pas autre chose qu'un vers *érotique!* De sorte que l'expression de mon dévouement était retournée en profanation!

Après cela, travaillez donc pour la bonne cause!... c'est presque travailler *pour le Roi de Prusse!*

Eh! que sait-on! Ce serait peut-être un bon moyen de se faire couler en bronze! On est si original dans cette bonne ville de Paris!... Le 30 mai 1878, juste le jour de la mort de Jeanne d'Arc, singulière et frappante coïncidence! n'a-t-on pas eu l'heureuse idée de vouloir célébrer le centenaire de Voltaire!... de M. de Voltaire, l'ami de notre ennemi le roi de Prusse, et l'auteur de *La Pucelle,* méchante parodie de la sainte légende de l'héroïne de Domrémy à laquelle la France doit sa nationalité!

Et, d'un autre côté, que pensez-vous de cet autre frondeur, plus catholique que le bon Dieu lui-même, qui me disait, à propos de mon *Tableau de la Vie,* ci-dessus cité, que cette pièce n'était pas autre chose que *du déisme!*... Auquel des deux critiques donnerons-nous le prix?

Décidément, avec mes principes invariables de justice, de modération et d'impartialité indépendante, je suis destiné à ne pouvoir jamais satisfaire que les hommes de sens.

Eh bien, je m'en consolerai encore, en acquérant chaque jour, de plus en plus, la certitude que dans le parti des *simples* s'est rangé l'esprit par excellence, c'est-à-dire celui des gens de cœur.

Passons, maintenant, à un autre genre de pièces curieuses.

LES RIMES RICHES

ET LES PAPILLONS SOCIALISTES

Drôlerie dialoguée en vers entre *un Vieillard et des Jeunes hommes.*

LE VIEILLARD.

Voici l'époque des *vendanges,*
Cueillons les raisins qu'a dorés
L'automne aux rayons *adorés.*
Les doux zéphirs sont des *vents d'anges.*

LES JEUNES HOMMES.
(à part entre eux.)

Frères, nous sommes *papillons,*
Or, ne vendangeons pas, *pillons!*

LE VIEILLARD.

Voyez ces abeilles *zélées,*
Si diligentes sur *la fleur*

Dont elles nous gardent *la fleur :*
Imitez leurs troupes *ailées !*

LES JEUNES HOMMES.

Vite, aile au vent, chers *papillons !*
Ne nous échinons pas, *pillons !*

LE VIEILLARD.

Gloire à la race indus*trielle,*
Parmi les fleurs elle *trie, elle.*

LES JEUNES HOMMES.

L'art des simples est le *vieil art,*
Le nouveau nous plait mieux, *vieillard !*
Entre le riche qui *consomme*
Et le pauvre ouvrier *qu'on somme,*
Comment marchander l'art *nouveau ?*
On sait ce que cet *art nous vaut !*

LE VIEILLARD.

Mais le devoir et *la morale ?*

LES JEUNES HOMMES.

C'est eux qui mènent *l'âme au râle.*
(entre eux)
Allons trouver nos *papillons,*
Et ne l'écoutons pas, *pillons !*

LE VIEILLARD.

Voyez ces douces *hirondelles*
Qui se mirent dans *l'eau, riant,*
Tournant leur vol vers *l'Orient ;*
C'est ce que nous admirons *d'elles.*

LES JEUNES HOMMES.

Frères, nous sommes *papillons* :
Ne nous exilons *pas, pillons !*

LE VIEILLARD.

Admirez ce beau *ver à soie,*
Fier sur sa feuille, et *là venir*
Filer ses jours sur *l'avenir*
Qu'il faut qu'un pauvre *ver assoie.*

LES JEUNES HOMMES.

La feuille aussi des *papillons*
Est là, ne filons *pas, pillons!*

LE VIEILLARD.

L'araignée, hideuse, *importune,*
Montre, quand elle *tisse, errant,*
Son industrie au *tisserand ;*
Dans nos murs elle en *importe une.*

LES JEUNES HOMMES.

C'est le fléau des *papillons,*
Et nous n'en voulons *pas, pillons !*

LE VIEILLARD.

Toute emprunteuse fait *l'affable :*
La Fontaine en fourmi *l'a dit ;*
Mais cette fière *milady*
Par lui nous instruit dans *la fable.*

LES JEUNES HOMMES.

Vieillard, nous sommes *papillons* :
Et la faim suit nos *pas, pillons !*

Autre dialogue non moins curieux, qui fut publié dans le journal le *Tintamarre* du 28 juin 1872, et servit de sujet à une petite scène dramatique, interprétée dans la salle du XIXᵉ Siècle, par deux membres de la société dite *la Cigale*, dont l'un était élève du Conservatoire. Pendant que celui-ci figurait le personnage du pauvre poète interrogateur, l'autre, caché dans les coulisses, lui répondait par la voix de l'*Echo*.

L'ÉCHO SAVANT

DIALOGUE AÉRIEN

— Echo, loin de tes solitudes,
Puis-je établir nos entretiens ?
Mes vœux et mes sollicitudes
Sont indiscrets, je t'en préviens.

— VIENS !

— Ma muse, ici, triste et captive,
Rêve au ciel bleu du grand Allah :
Gloire et bonheur !... Nymphe plaintive,
Où pourrais-je trouver cela ?

— LA.

— Là ? Mais ici c'est *la Cigale*
Dont les chants m'ont tant réjoui,
Déploierais-tu, dans cette salle,
L'art de ton prestige inouï ?

— OUI.

— Ici, l'on rit, l'on boit, l'on danse,
L'on chante les plaisirs parfaits.
Puis-je honorer l'indépendance
Dont les plaisirs sont des bienfaits ?

— FAIS.

— Mais, dix-neuvième siècle oblige;
Il brûlera tout dans son four,
Que feront donc, dans leur vertige,
Ces fiers Rolands de carrefour ?

— FOUR.

— Causons de moi : Si je m'obstine
Au temple chéri d'Apollon,
Ainsi qu'Horace ou Lamartine,
Pourrai-je, un jour, m'y faire un nom ?

— NON !

— D'autres auteurs, dans leur détresse,
Ont pourtant si bien réussi;
Comme eux, dans les champs du Permesse,
Ne puis-je pas glaner aussi ?

— OH ! SI.

— Lorsqu'on y veut fronder le vice
Ou détromper un faux savant,
Quel est le prix du bon office,
Et qu'en résulte-t-il souvent ?

— VENT !

— Le monde est donc bien mauvais prince !
Ses vilains traits te sont connus :

Dis-moi comment dans leur province
Vingt poètes sont revenus ?

        — NUS.

— Que sont aujourd'hui, dans l'Histoire,
Ceux dont les généreux efforts
Voulurent payer une gloire,
Libre, sans tache et sans remords ?

        — MORTS !

— Eh bien, malgré la perspective
Du sort auquel tu me soumets,
Ma plume, écho, toujours active,
Aux grands ne se vendra jamais !...

        — MAIS...

— Moi, qu'en flatteur je me dévoue
Pour être académicien !
Non, dans un coin que l'on me cloue :
J'y dirai tout, tout pour le bien !

        — BIEN !...

— Et cependant, je suis sans place;
J'ai de l'honneur..... et point la croix !
Hélas! que faut-il que je fasse
Lorsque ma muse est aux abois ?

        — BOIS !

— Ta Trompe est donc une bouteille,
O Renommée ?... Avoue enfin
Que si, parfois, l'art fait merveille,
Souvent l'artiste meurt de faim.

        — FIN !

                              d.

Inquiétons-nous un peu aussi de la musique.

Plus de vers ! dit celui qui n'en comprend pas le charme ou la valeur : eh bien, soit ! Mais au moins aussi plus de *vibratos* continuels, ni de précoces chevrotements !

DO ciles à ma voix qui jamais ne chevrote
RÉglez, filez vos sons, n'allez pas, tremblotants
MInauder, roucouler comme ces charlatans,
FAcétieux chanteurs qui dansent sur la note !
SOLdats du chant français, ne le trahissez pas
LA méthode a parlé ; que ses tons ou silences,
SIgnes régulateurs qui dictent les cadences
DOminent vos accents et vous marquent le pas !

LA GAMME A LA SEMAINE

Le DIMANCHE a bon DO : je frappe
Sur son lutrin dominical
La *tonique*, première étape
De mon voyage musical.

Le LUNDI marque la *seconde*
Triste intervalle dissonant ;
Son RÉ murmure, éclate et gronde
Comme la voix d'un revenant.

Le MARDI, MI donne la *tierce*
Premier mot de l'*accord parfait*;
Toute *sixte* qui la renverse
Donne raison du camouflet.

LE MERCREDI, FA, *médiante*,
Quarte à parer dans le duel,
Quand l'harmonie impatiente
Au mauvais ton lance un cartel.

Le JEUDI, SOL, *quinte majeure*,
Ou *dominante* de l'accord,
Sur son trône reste à demeure
Et sert au son bruyant du cor.

Le VENDREDI, jour de Marie
Ou de Vénus, donne le LA.
Soit que l'on chante ou que l'on crie,
Son doux accent met le holà.

Le SAMEDI, *sensible* esclave,
Triton par les flots agité,
Est le SI captif que l'octave
Sauve et remet en liberté.

. . . .

Puis, l'octave prend sa revanche
Et file en vous tournant le *dos*,
Car l'on chante encor le *dimanche*:
Do, si, la, sol, fa, mi, ré, do.

PROGRAMME GÉNÉRAL DES CONCOURS

Dans ce petit livre, tout doit être réduit ou résigné à des proportions simples et modestes. Nous n'avons pas la prétention d'y faire un cours de littérature ni d'y établir des conférences musicales, et encore moins de nous y ériger en docteur universitaire. Le jeu et l'amusement sont le principal et, nous dirons mieux, peut-être, l'unique but de notre grammaire. Voilà pourquoi nous n'y admettrons pour toute rhétorique que la poésie légère et pour tout lyrisme que les accents du cœur et la chanson.

Comme nos petits concours se lient avec le caractère du livre qui n'est pas autre chose lui-même qu'une collection de sonnets classés sans ordre de genre, de temps ou de lieu, nous allons procéder de la même manière pour le classement de la matière de ces petites pièces et les établir ici indistinctement, selon la pagination des feuillets.

CONCOURS N° I

A la page 16, c'est d'abord un sonnet en forme de charade dont il faudra commencer par deviner les mots qui devront être renfermés dans un quatrain, sixain, dixain, etc., jusqu'à une vingtaine de vers, selon la nature du sujet.

La pièce couronnée recevra pour prix un magnifique *Lotorion*, dit de l'*Histoire de France*, renfermant dans sa boîte, outre ses jetons et ses boules, quinze beaux cartons coloriés au *chromo* et représentant les 75 rois ou gouvernements républicains qui ont régné sur la France jusqu'à nos jours. Ces 75 figures sont toutes accompagnées d'une notice historique.

CONCOURS N° 2

Page 26, ROME, c'est un sonnet-acrostiche de mots, qui doit être rempli de manière à former un autre sonnet en vers de huit, dix ou douze syllabes, selon la nature de la pièce.

Si la pièce entière pouvait renfermer trois sonnets au lieu de deux, elle aurait plus de mérite, au moins sous le rapport de la difficulté vaincue ; mais, dans le cas où cette condition serait trop exigeante ou nuirait à la perfection littéraire de l'œuvre, cette condition pourrait être mise de côté. Voyez néanmoins le sonnet n° 37, à la page 30 du volume qui pourrait, au besoin, servir de modèle.

Le prix destiné à cette œuvre difficile est l'*Histoire des Girondins de Lamartine*, trois beaux volumes, grand in-8°, *illustrés et reliés.*

CONCOURS N° 3

Page 42: Le MONOPOLE, sonn. 51. Il s'agit d'un sonnet

bouls-rimés à remplir sur le sujet indiqué, en vers de huit, dix ou douze syllabes, au choix du concurrent.

Le vainqueur recevra pour prix un exemplaire du *Mariage secret*, opéra de Cimarosa, partition pour piano de la traduction lyrique de Charles Soullier, éditeur Alphonse Leduc.

CONCOURS N° 4

Page 46 : sonnet-acrostiche et à bouts-rimés, tour de force proposé aux amateurs, et destiné à être rempli en vers de huit ou de douze syllabes. Le sonnet n° 17 peut servir de type ou de modèle dans ce travail.

Le vainqueur recevra pour prix deux ouvrages: la traduction lyrique de *Sémiramis*, opéra de Rossini, et la traduction en vers français des *Satires de Perse*, par l'auteur des *Sansonnets*.

CONCOURS N° 5

Page 49 : l'ENNEMI DU SOLEIL, sonnet–charade n° 59. Dans ce concours, comme dans le premier, les mots devinés devront être énoncés dans une pièce de vers, plus ou moins étendue, sur le sujet du mot à trouver. La pièce ne pourra dépasser le nombre de trente vers.

Le vainqueur recevra pour prix un exemplaire de la *Pluralité des mondes habités*, avec planches coloriées, 25me édition, sur papier vélin, de Camille Flammarion.

CONCOURS N° 6

Page 50: la GRANDE CITÉ, sonnet-logogriphe, n° 60 du recueil des *Sansonnets*. — Les quinze mots de ce logogriphe, indépendamment du mot fondamental, doivent être renfermés dans une pièce de poésie de vingt à quarante vers alexandrins ou de coupe libre, au choix du poète.

Le vainqueur recevra pour prix un exemplaire du *Dictionnaire de Musique illustré*, beau volume grand in-8°, par l'auteur des *Sansonnets*.

CONCOURS N° 7

Page 53: VOLE, VOLE, SONNET!

Sonnet-acrostiche, destiné à un sonnet sur l'*Amour* — en vers alexandrins, de forme et de coupe libres. — L'acrostiche n'y est pas de rigueur.

L'auteur du meilleur sonnet sur ce sujet, recevra pour prix la *Monographie du sonnet*, deux jolis volumes, sur les *Sonnettistes anciens et modernes*, ouvrage très-consciencieux et très-intéressant de M. Louis de Veyrières.

CONCOURS N° 8

Page 51: LE MOT CARRÉ DE LA MUSIQUE.

Concours de composition musicale, destiné à une chanson ou chansonnette comique dont les conditions sont indiquées dans le sonnet lui-même.

L'auteur de la meilleure chanson recevra pour prix la partition, grand format, pour piano, du *Saphir*, opéra de Félicien David, éditeurs Giraud frères.

CONCOURS Nº 9

Page 66 : Dans ce concours, il s'agit de trouver le mot de l'énigme et de l'énoncer poétiquement dans une petite pièce de vers de quatre à quatorze vers inclusivement, de n'importe quelle coupe, depuis le quatrain jusqu'au sonnet.

Le prix est un exemplaire de poésies complètes de l'auteur des *Sansonnets* : deux volumes grand in-8º contenant aussi *Paris neuf*, satires parisiennes.

CONCOURS Nº 10

Page 69 : sonnet nº 82.

Cherchez d'abord ici le mot carré demandé ; et, après l'avoir tracé sur le papier, exprimez ses trois mots dans une charade, le plus délicatement ou spirituellement que vous pourrez. On ne fixe pas le nombre de vers de la pièce, dont la coupe n'est point non plus déterminée.

Le prix réservé au vainqueur est un exemplaire des *Mémoires de Berlioz*, deux volumes in-8º donnés par M. de Thémines, rédacteur du journal la *Patrie*.

CONCOURS Nº 11

Page 70 : sonnet 88.

Les conditions de ce concours accompagnent le sonnet

88 de la collection. Il s'agit de faire un quatrain sur le siége de Paris avec les mêmes bouts-rimés, qui y sont soulignés.

Le prix destiné au vainqueur est un exemplaire de la partition pour piano, grand format, de *Si j'étais roi*, opéra d'Adolphe Adam, éditeur Alphonse Leduc, ou un exemplaire de *Paris neuf*, volume grand in-8°, avec illustration, par l'auteur des *Sansonnets*, au choix du Lauréat.

CONCOURS N° 12

Page 79 : sonnet 94 de la collection des *Sansonnets*.

La *Main*, 166ᵐᵉ sonnet de Pétrarque, traduit en vers français par l'auteur des *Sansonnets*.

L'éditeur de ce livre a traduit ou essayé de traduire en vers français une vingtaine de sonnets de Pétrarque. Il a cru devoir en extraire six qui sont ici consignés de préférence, parce qu'ils rappellent des faits ou des événements historiques, assez marquants dans la vie du célèbre poète italien, dont les sonnets, du reste, roulent presque tous sur le même sujet : l'amour de la belle Laure. Voici l'anecdote qui a fourni le sujet de celui dont il est ici question.

Un soir de grande réception dans les appartements du pape Clément V, alors en résidence à Avignon, Laure avait, par mégarde, laissé tomber un de ses gants de soie brodée d'or, bien autrement précieux par l'objet lui-même pour le poète amoureux. Celui-ci s'en empara vivement ; mais comme on avait remarqué cette circonstance, la jeune femme, craignant qu'on ne crût qu'elle l'avait fait à dessein, le lui arracha. Le poète résista un moment, mais jugeant qu'il y aurait de l'indiscrétion à prolonger la scène d'un débat frivole, où se fixaient tous les regards, il feignit de céder à la force et laissa reprendre le gant. Le soir même, Pétrarque improvisa le sonnet italien que nous essayons ici de reproduire en vers français.

Ceci nous fournit l'occasion d'ouvrir un concours en faveur de la meilleure traduction inédite d'un autre sonnet de Pétrarque.

Traduction, trahison ! dit le proverbe, et le proverbe n'a pas toujours tort; mais il s'applique ici principalement aux traductions en vers qui ne sauraient être littérales et qui ont besoin de beaucoup d'art et d'habileté pour être un peu convenables.

C'est donc une sorte de réussite rare qu'une bonne traduction en vers; c'est pourquoi nous lui ouvrons un concours.

Le prix à décerner au vainqueur est un exemplaire relié de l'ouvrage italien suivant :

Le rime di Francesco Petrarca secondo l'edizione e col poema di Antonio Marsane.

CONCOURS N° 13

On propose aux habiles charadins l'explication en vers ou en prose de la charade suivante :

CHARADE

On rira fort, je l'imagine,
Si je dis qu'un morceau de bois,

Une bûche..... fut l'origine
De mon *premier*, fragment sur trois.

Mon *second*, féminin de race,
Lié selon ses droits requis,
Est l'inséparable préface
Qui précède un objet acquis.

Mon *troisième* sert aux vendanges ;
Cet instrument des vignerons
Revient aux rustiques phalanges
Qui font le vin que nous boirons.

Pour mon *tout*, les anachorètes
Prétendent qu'il fait trop de bruit ;
Moi je dis à ces vieilles têtes
Qu'il nous récrée et nous instruit.

                                        ✱✱✱

La personne qui produira la meilleure explication de cette
charade recevra pour prix les deux ouvrages suivants of-
ferts par M. Renauld, éditeur.

1° Le *Manuel général de la peinture à l'huile*, par
M. Goupil, élève d'Horace Vernet.

2° Le *parfait aquarelliste*, joli album, orné de figures et
dessins coloriés.

CONCOURS Nᵒ 14.

Notre deuxième concours de composition musicale est
destiné à une romance ou mélodie inédite dont nous soumet-
tons ici les paroles au compositeur : Elles sont de l'auteur
de ce livre.

LE PETIT OISEAU

I

Sous ce ciel bleu je t'ai vu naître,
Petit oiseau, qui, le matin,
Venais chanter sur la fenêtre
Où Lynda t'émiettait son pain !
Elle est partie, et quand ma bouche
T'appelle, au signe de mes doigts,
Ma voix plaintive t'effarouche.
Tu voudrais déserter nos toits!   (bis)
Ah ! ne déserte pas nos toits !

II

Va, ne crains rien contre ta vie :
Tes jours ne sont point en danger;
En l'absence de mon amie,
Je suis là pour les protéger.
Loin des piéges qu'on veut te tendre
Prends tes petits repas chez moi :
Je ne te ferai point attendre,
Ami, le ciel est avec toi !   (bis)
Oh ! oui, le ciel est avec toi !

III

Mais, la nuit, loin de ma demeure,
Souviens-toi, quand tu n'as plus faim,
Que seul, loin d'elle, ici je pleure...
Viens m'y revoir de grand matin !

Bien fort je veux que tu m'appelles
Sans peur de réveiller l'amour,
Ouvre-moi tes petites ailes
Qui me font croire à son retour ! *(bis)*
Ah ! Fais-moi croire à son retour !

Le prix destiné au vainqueur de ce tournoi lyrique est un
exemplaire de l'opéra Le *Trouvère* de Verdi, partition grand
format pour piano : éditeur Léon Escudier.

CONCOURS N° 15.

Nous n'avions annoncé et promis que dix concours et nous
en publions quinze. C'est pour répondre plus dignement à
l'honorable sympathie que le public a bien voulu nous témoigner, même avant l'ouverture de la lice.

Le dernier de ces concours que nous enregistrons ici, est
le troisième de composition musicale; il est destiné à un
chœur pour quatre voix d'homme sans accompagnement.

Tout chœur inédit sur n'importe quel sujet français, s'il est
intéressant, pourra prendre part à la lutte; mais pour ceux
des concurrents qui n'auraient pas déjà choisi leurs paroles,
nous croyons devoir leur proposer les vers suivants de l'auteur des *sansonnets* :

LES NOUVEAUX AMPHION

Chantez la paix, douce conquête,
Source de vos prospérités!

AVANT-PROPOS

Orphéons, la France est en fête ;
Voulez-vous être heureux ? Chantez !

Chantez ! Chantez !

Pour Paris, cette ville immense,
L'ère de la splendeur commence ;
Bannière au vent, saluez-la !
Sous sa robe blanche et nouvelle
Voyez partout comme elle est belle !
Un génie a passé par là.
Changement de décors à vue
Où la coquette, dans la rue,
Rejette au vent son vieux manteau,
Vêtement criblé de mitraille
Où le stigmate des batailles
A disparu sous le marteau.

Sur ses bannières,
Jadis si fières,
Mais meurtrières,
Au champ d'honneur,
La France unie
Lira ; génie,
Gloire, harmonie,
Paix et bonheur !

Chantez la Paix, douce conquête
Source de nos prospérités !
Orphéons, la France est en fête ;
Voulez-vous être heureux ? Chantez !

Chantez ! Chantez !

Le prix destiné au vainqueur est *la collection complète des œuvres de Mozart, pour piano, en cinq volumes*, édition Gustave Avocat.

Le même concurrent pourra prendre part à autant de concours qu'il voudra pourvu qu'ils donnent lieu à autant de billets cachetés.

Celui d'entre eux qui aurait obtenu le premier rang dans au moins trois de ces concours, recevra, indépendamment des prix spéciaux qui lui sont attribués, une récompense exceptionnelle : Le *Tableau de la vie*, grand in-folio, brillamment illustré et encadré dont il est fait mention à la page XXIX de l'avant-propos.

Le terme de rigueur pour tous ces concours est fixé au 31 octobre 1878.

Les concurrents devront joindre à leurs compositions un billet, sous enveloppe cachetée, renfermant leur nom et leur adresse, avec le titre de l'ouvrage adressé au concours, lequel titre devra être aussi reproduit sur la suscription du billet cacheté.

Les lettres, billets, enveloppés ou paquets devront être adressés, *francs de port*, à l'auteur-éditeur des *sansonnets*, rue Montmartre, n° 49, à Paris.

COMMISSION

Noms des Membres de la Commission d'examen classés par ordre alphabétique.

MM. Adolphe BLANC, compositeur de musique.

GOUZIEN, rédacteur en chef du Journal *La Musique*.

DE LAUZIÈRES DE THÉMINES, rédacteur du Journal *La Patrie*.

MOUILLARD, avocat, ancien magistrat.

Jules RUELLE, rédacteur de l'*Art musical*.

SYLVAIN SAINT-ÉTIENNE, critique littéraire et musical.

Paul VIBERT, rédacteur en chef du *Sonnettiste*.

8—2770. Paris. — Typ. Morris Père et Fils, rue Amelot, 64.

MES SANSONNETS

L'AMOUR, LA GLOIRE & LE TRÉPAS

ou

LE SIX AVRIL DE PÉTRARQUE

Sonnet n° 1

Ce fut un *six avril* que Pétrarque vit Laure
Pour la première fois, dans Vaucluse, au saint lieu (1).
Le laurier poétique, un *six avril* encore,
Couronna ce soleil brillant sous le ciel bleu (2).

Un autre *six avril* enfin devait éclore
Pour lui sonner le glas d'un éternel adieu,
Comme un couchant doré dont la pourpre colore
Le déclin d'un beau jour qui retourne vers Dieu (3).

Ainsi, dans sa carrière, ou plutôt dans sa lutte,
A ce chiffre fatal un grand poète en butte,
Par le triple destin qu'il subit ici bas,

(1) *6 avril 1327* (L'AMOUR), première apparition de Laure aux yeux de Pétrarque, le Jeudi-Saint, dans l'église Sainte-Claire, à Avignon, aujourd'hui desservie par les Frères de la Doctrine chrétienne.

(2) *6 avril 1341* (LA GLOIRE), jour de l'arrivée de Pétrarque à Rome, où il allait pour recueillir la couronne lauréate. (La cérémonie n'eut lieu que le 8.)

(3) *6 avril 1348* (LE TRÉPAS), jour de la mort de Laure, à Avignon, dont un fléau épidémique venait de décimer la population.

Se vit initié dans l'étonnant mystère
De cette trinité des choses de la terre
Qu'on appelle : L'amour, la gloire et le trépas.

    (1868).

LE SIÈCLE DU SONNET

ou

LES SEPT AGES DU MONDE
A PARTIR DE L'AGE D'OR JUSQU'A NOS JOURS

Sonnet n° 2

Nous avons eu jadis *le siècle d'or* : le monde
Qui, jeune encore alors, n'était qu'à son printemps,
Avait pour tout habit sa chevelure blonde;
Mais un soleil si pur ne brilla pas longtemps.

Deux mille ans avaient fui sur la terre et sur l'onde,
Quand *le siècle de fer*, grâce au progrès du temps,
Saluant de Papin la science profonde,
Découvrit la vapeur aux longs spiraux flottants!

Après, vint au galop *le siècle des lumières*,
Dont l'astre éblouissant fatiguait les paupières;
Puis *le siècle d'argent* qui, pour parler plus net,

Fut *le siècle du vol*, ou *siècle de la bourse*,
Que *le siècle du sport* absorba dans sa course :
Nous avons aujourd'hui *le siècle du sonnet*.

    (1874).

L'ESPÉRANCE

Sonnet n° 3

Ce doux présent du ciel qu'espérance l'on nomme,
Dans le champ de la vie est un oiseau charmant
Qui plane, nuit et jour, sur la tête de l'homme,
Qu'il berce et qu'il endort à son gazouillement.

Au charme de sa voix le bonheur n'est qu'un somme,
Et son rêve doré qu'un éternel moment ;
C'est un souffle, un zéphir, une étincelle, un gnome,
Que poursuit l'insensé lorsqu'il veille en dormant.

Comme l'onde à la mer nos heures entraînées
Coulent, de jours en mois et de mois en année,
Jusqu'à l'éternité, cet océan sans port.

Beau jour sans lendemain, belle nuit sans aurore,
L'espérance est au cœur une soif qui dévore,
Et que le malheureux n'étanche qu'à la mort.

(1856).

LA NATIVITÉ

Sonnet n° 4.

A la mémoire de Nicolas Saboly, grand noëliste avignonais.

Dans une obscure étable un enfant vient de naître ;
Cet enfant, par le sein d'une vierge allaité,

Devient homme, et bientôt le Seigneur va paraître
Dans ce monde captif qu'il aura racheté.

Les bergers et les rois viendront le reconnaître,
L'adorer, et plus tard, admirant la bonté,
La vertu, la douceur, la sagesse du maître,
S'éclairer au flambeau de sa divinité!

Il fallait, sur la terre, une muse inspirée
Pour chanter dignement la grandeur adorée
Du Messie attendu dans ce modeste lieu;

Il fallait un génie à la naïve histoire
Pour célébrer, après seize cents ans de gloire,
Et la mort du Seigneur, la naissance de Dieu.

(1875).

A MADAME LA DUCHESSE D'HAMILTON

PRINCESSE DE BADE

Sonnet nº 5

Pour dire à tous les yeux combien Marie est belle,
Pour rendre ses accents en vers tendres et doux,
Il faudrait les pinceaux et les couleurs d'Appelle;
On voudrait être Ovide, Ovide à ses genoux.

Pour louer la vertu dont elle est le modèle,
Des chants de Legouvé, l'on deviendrait jaloux,

Et l'on affronterait, en combattant pour elle.
La vaillance de Mars, sans tomber sous ses coups.

Mais, à moins d'obtenir de la main d'une fée
Le luth d'Anacréon ou la lyre d'Orphée,
On ne saurait parler comme Homère parla.

Aussi, tout en voulant vous peindre en traits de flamme,
Il faut y renoncer, car on ne peut, Madame,
Faire votre portrait sans tous ces messieurs-là.

(1850.)

OU EST L'AME IMMORTELLE ?

Sonnet n° 6

> Les bêtes ne sont pas si bêtes que l'on pense.
> (LA FONTAINE.)

La bête pense ; elle aime, et nous aimons comme elle ;
Elle a donc pour aimer une âme comme nous.
Dieu voulut consacrer une faveur si belle,
En lui donnant un cœur humble, sensible et doux.

Il est un animal, de l'homme ami fidèle,
Dont les nobles instincts sont admirés de tous.
S'il n'a pas la raison qui fait l'âme immortelle,
On pourrait mieux encor la nier chez les fous.

L'être vraiment sans âme, homme ou bête, en ce monde,
Qu'il habite dans l'air, sur la terre ou sous l'onde,
Qu'on l'appelle brigand, crocodile ou vautour,

C'est l'être sans pitié, monstre au cœur de vipère.
Caïn n'en avait pas, car il tua son frère
En maudissant celui qui lui donna le jour.

LA DANSE D'AUJOURD'HUI

Sonnet n° 7

Ah! tu veux donc aller au bal de la Villette,
Et tu crois y danser; eh bien, tu tourneras;
Car l'on ne danse plus, ma pauvre mignonnette :
Au gré de tes danseurs, tu pirouetteras!...

Encor, si tu savais à cette pirouette
Borner ta folle ardeur; mais tu t'y prêteras,
Au caprice du vent, comme la girouette :
Après vingt tours divers, tu recommenceras.

Que l'on t'ait vue au Pré retourner le dimanche,
Le dimanche suivant tu prendras ta revanche :
Le plaisir au plaisir ne s'est jamais borné.

Si l'on n'y trouve pas son compte, on y retourne;
Entre les bras d'Arthur, l'on tourne et l'on retourne;
Mais... l'on y glisse enfin, après avoir tourné !

(1877.)

TRISTE A-PROPOS

Sonnet n° 8

« Je veux tenter le sort, dans cette loterie
« Où mon œil admira mille colifichets :
« Des bagues, des miroirs, des perles, des sachets,
« Des coffres, des bonbons, de la parfumerie !

« Enfin, tout : tout m'y plait !... Mais,.. ma bourse est tarie. »
Disait en soupirant, la pauvre Valérie.
« Bah !,.. j'aurai de l'argent : *ma tante* a ses crochets ;
« J'y pendrai mon chignon pour un de ces hochets ! »

« — C'est cent sous. — Les voilà ! Crac ! qu'à cela ne tienne !
« Tout numéro gagnant, il faut qu'un lot m'advienne,
« J'aurai le gros. Voyons.., lequel va-t-il m'échoir ? »

On tire : son cœur bat devant tant de merveilles !...
— Vingt ! — Qu'a-t-elle gagné ? ces beaux pendants d'oreilles
Ou ce *porte-bonheur ?* — O rage !... un démêloir !

     (1865.)

MUSIQUE & POÉSIE

Sonnet n° 9

Verbe des séraphins, ô divine harmonie,
Je voudrais te chanter jusqu'à mon dernier jour,

Mais, je ne puis vers toi, sous l'aile du génie,
Atteindre les hauteurs du céleste séjour !

Mes chants se perdraient-ils dans la sphère infinie
Où rayonne avec Dieu ton ineffable amour ?
Seraient-ils à jamais, au nom de Polymnie,
Condamnés par défaut à ta suprême cour ?

Si tu n'ouvrais qu'aux dieux l'Olympe et ses merveilles,
Que feraient de tes fleurs les sublimes abeilles
Qui dans tes ruches d'or vont distiller leur miel ?

Archanges, répondez !... Le bonheur sur la terre
A pu trouver enfin la clef de son mystère :
Pour l'heureux d'ici-bas la musique est le ciel !

(1877).

LAMARTINE RÉPUBLICAIN (1)

Sonnet-Anagramme n° 10

O toi qu'ils couvrirent de boue
Quand tu leur eus prêté la main ;
Toi qu'ils ont baisé sur la joue
Et souffleté le lendemain !

Tu vois comment tout se dénoue.
Tel, un jour, ce pays romain,

(1) Cette pièce fut adressée au grand poète lui-même, en 1854.

A qui la France se dévoue,
L'arrêtera sur son chemin.

Qu'est-ce donc que la République,
Ce mot prétendu sans réplique?
C'est un gouffre où l'on se noira.

Pour toi, pour ce qu'on te destine...
Songe à ton nom, bon Lamartine :
LAMARTINE, MAL T'EN IRA!

(1854).

L'IMMORTELLE BLANCHE

ou

LES DEUX FLEURS

Sonnet nº 11

Chrétien, je voue un culte à l'immortelle blanche,
Fleur qui survit au temps et brave le destin ;
Sa tige au vent du Nord légèrement se penche,
Mais elle ne va pas augmenter son butin.

Jamais d'impur frelon dans son sein ne se penche ;
Nul souffle ne flétrit ses lèvres de satin ;
Nulle main ne l'effeuille, et sa soif ne s'étanche
Qu'aux larmes de l'aurore, astre aimé du matin.

Cette divine fleur, objet de mon hommage,
De la vierge Marie est la parfaite image;
Elle est douce comme elle et s'attache au malheur.

Aux yeux de l'Univers leur ressemblance est telle,
Que l'une sur la terre est la fleur immortelle,
Et l'autre dans le ciel est l'immortelle fleur.

(1866).

LA CONCILIATION

Sonnet n° 12

Au nom de mon pays j'ai prêché la concorde:
J'ai blâmé des soudarts le trop fier bataillon,
Sabrant le fédéré vaincu sous son haillon;
J'ai plaint des *communards* la détestable horde.

Dans l'intérêt de tous invoquant l'union :
J'ai maudit tour à tour les balles et la corde;
Et dit à tous les forts : pitié! miséricorde!...
Plus qu'un mot aujourd'hui : *conciliation*.

Prônez la Monarchie! armez la République!
Soyez juif, luthérien, grec, romain, catholique,
Fêtez même Satan, si vous n'aimez Jésus!

Mais n'ayez qu'un drapeau : Sous celui de la France
Groupez tous vos partis, vous aurez l'espérance,
Et vous serez Français : que vous faut-il de plus !

(1877).

L'ORPHELINE DU SOLDAT

Sonnet n° 13

Tige arrachée à ses rameaux,
Elle pleurait sous la charmille;
Son tuteur lui dit : « Viens Camille,
« Je voudrais adoucir tes maux;

« Au Palais-Royal, où tout brille,
« J'ai vu les plus charmants joyaux...
« Viens, allons-y donc, pauvre fille,
« Pour en choisir deux des plus beaux ! »

— « Ah! fit-elle, le choix est grave,
« Je fus l'unique d'un vieux brave
« Qui n'aimait point ces choses-là. »

— « Quels bijoux veut-tu donc, ma chère? »
— « Ce sont l'anneau d'or de ma mère,
« Et la croix d'honneur de papa! »

(1876.)

SONNET CÉLÈBRE

Sonnet n° 14

Après qu'il eut fourré Paris dans le pétrin,
Le beau Jules pleura comme une Madeleine;

Car il n'avait pu voir encor sa bourse pleine,
Lui, grand représentant du peuple souverain !

Mais on capitulait ; et, reprenant haleine,
Il regarda Guillaume avec un front d'airain,
Et puis scanda ces vers aux échos de la plaine :
Nous ne céderons pas un pouce de terrain !

Pourtant, il s'agissait de sauver la patrie,
Par ses envahisseurs saccagée et meurtrie :
L'or seul pouvait répondre aux regrets superflus.

« La France existe encor, c'est toi qui l'a charmée,
Lui dit-on, que ton œuvre enfin soit consommée ;
Donne-leur ses milliards, mange et ne pleure plus ! »

(1870.)

UN BEAU RÊVE

Sonnet n° 15

L'illusion me plaît : je passerais ma vie
A créer des châteaux et des songes heureux,
J'ai rêvé cette nuit que mon âme ravie
Ne voyait que passants qui s'embrassaient entre eux,

Dans Paris, où souvent, cœurs et coffres sont creux,
Toute bonne action d'une autre était suivie ;
Tous les hommes étaient étrangers à l'envie ;
Tous les époux, constants, fidèles, généreux.

Pas le moindre bossu pour prêcher le divorce ;
Tout mari marchait droit par la tête et le torse ;
Et rentrait au logis en bel oiseau privé.

Tous les rois restaient rois, leurs nations paisibles ;
Les voisins n'étaient plus à leurs voisins nuisibles ;
Enfin, tout était beau... mais... je l'avais rêvé !

(1877.)

LA VERTU

Sonnet n° 16

Mater purissima virtus.

Pour le sage, ici-bas, toute joie est amère :
Le bonheur vient d'en haut : sur la terre, beauté,
Talent, gloire, trésor... pour lui tout est chimère,
Clinquant, plaisir trompeur, mensonge, vanité.

La vertu seule est noble ; elle est la vierge mère
De l'infini divin dans son immensité.
Seule, elle ne meurt pas ; mais l'or, rêve éphémère,
Se dissipe au ciel gris de la futilité.

Le sage est toujours fort ; battu par la tempête,
Humble, il plie au besoin ; et, sans courber la tête,
On le voit résigné, mais jamais abattu.

L'espérance, l'amour et la foi catholique,
Sont une trinité de la flamme angélique
Du céleste foyer qu'on appelle vertu !

(1873).

LES ÉCHOS PARISIENS (1)

SONNET-ACROSTICHE ET A BOUTS-RIMÉS

Sonnet n° 17

Échos parisiens, chers à la . . . . *capitale*

Comme à la liberté, son précieux. . . . . *trésor*,

Hâtez-vous de sortir de l'impasse . . . . *fatale*

Où la rigueur des lois arrêta votre. . . . . . *essor !*

Soyez les défenseurs de la terre . . . . *natale*

Parlant d'une voix libre et franche comme. . *l'or*

Au riche dont le luxe effrontément . . . . . . *s'étale ;*

Répétez-lui que l'art a son organe. . . . . . . *encor.*

Il faut avoir des chants pour les dieux de la *Seine,*

Soleils dans les salons, étoiles sur la . . . . . *scène :*

Il faut même chanter les sylphes, les. . . . . *houris ;*

Et... plus de politique, étourdissante. . . . . *cloche,*

Nullité qui, pareille à la mouche du. . . . . . *coche,*

S'épuise en vains efforts pour conserver . . . *Paris.*

(1873).

(1) Ce sonnet obtint le premier prix dans un concours poétique dont la Commission s'était demandé quelle pourrait être la plus grande difficulté d'entraves à imposer aux poètes dans un *sonnet*, remplir les vides en joignant un *acrostiche* à un *bout-rimé*.

Le journal qui avait organisé cette Commission avait pour nom *les Échos Parisiens*, ci-devant *la Ligue des Poètes*, dont le titre et la destination avaient été changés par suite d'un procès qui lui avait été intenté par l'autorité judiciaire pour avoir traité de matières politiques.

RÉFLEXIONS D'UN SPECTATEUR

DÉLÉGUÉ AU THÉATRE ANTIQUE D'ORANGE

LE 23 AOUT 1874.

Sonnet nº 18

Les Français du Midi, dont nous chantons les fêtes,
Sont les fils des Romains qui, vainqueurs ou vaincus,
Restèrent toujours grands : leurs gloires sont complètes,
Et l'histoire en tout temps exalta leurs vertus.

La Gaule de nos jours, fière de ses conquêtes,
Eut ses arcs de triomphe avec ses Marius;
Et si, sous nos Césars, nous eûmes des défaites,
Nous avons l'avenir pour venger nos Varus;

Car le progrès des arts, ce parrain du génie,
Lave avec le talent, dans des flots d'harmonie,
Le sang des criminels et des gladiateurs.

Après dix-neuf-cents ans, le théâtre où nous sommes
Est heureux aujourd'hui de parler à des hommes,
Et d'ouvrir son enceinte à des admirateurs.

(1874.)

L'HEUREUX RETOUR (1)

CHARADE-CONCOURS

Sonnet nº 19

Mon premier, note de musique,
Produit un son net et brillant,
Mâle et guerrier : c'est la tonique
Qui convient au peuple vaillant.

Mon second, valeur numérique,
A la bourse a son prix vaillant.
Soit au moral, soit au physique,
Son principe est vivifiant.

Mais *mon entier* est pour la France
Un rêve de douce espérance
Qu'un jour nous réaliserons.

Rêverions-nous toujours encore ?
Non, au vrai soleil tricolore
Bientôt nous nous réchaufferons.

JULIE

Sonnet nº 20

Sans doute il m'est permis de vous chanter, Julie,
Car vous êtes ma nièce et je vous aime bien ;

(1) Cette charade fait partie des petits concours proposés aux poètes et annoncés dans l'*Avant-Propos* du volume.

J'aime aussi le doux nom qui rime avec *jolie*,
Quand celle qui le porte a son ange gardien.

Allez, vous n'êtes pas de celles qu'on oublie,
Vous qui songez à tout et qui n'oubliez rien ;
De toutes les bontés, vous, l'image accomplie,
Et dont le pur amour s'étend jusqu'à mon chien !

Un malheureux qui souffre, un faible qu'on opprime,
Sont pour vous un tourment, un désespoir intime ;
Vous êtes leur appui, leur bras, leur caution ;

Et vous iriez, le soir, vous jeter dans la Seine,
Si d'un bienfait pour eux cherchant la bonne aubaine,
Vous n'aviez fait, le jour, quelque bonne action.

    (1877.)

GABRIELLE

SŒUR DE JULIE

Sonnet nº 21

« Il faut rendre justice aux sonnets que vous faites,
Mon cher oncle ; l'un d'eux, je ne l'ai point rêvé,
Dit que ma sœur est bonne et qu'elle aime les bêtes !
Son chat aussi les aime ; il nous l'a bien prouvé !

« Le monstre ! il m'a mangé mon verdun, mes fauvettes
Et jusqu'au beau serin que j'avais élevé !
Qui chantait *amanda, manda* qui sur nos têtes
Arrivait seul ! le pauvre était si bien privé !

« Mais, hélas! aujourd'hui voyez ce qui m'arrive,
Je privais un chanteur, de ses chants on me prive,
Et je vois du coupable exalter les vertus!

« Ah! chantez donc des chats les douceurs apocryphes;
Ils se flattent sur l'homme et caressent des griffes!
Moi, je plains mes oiseaux qui ne chanteront plus!

(1877).

LA SEMAINE DES PAÏENS

ET

LE DIMANCHE DU BON DIEU

Sonnet n° 22

Le *lundi* qui, chez nous, commence la semaine,
Était le second jour de la *lune* romaine (1).
Les païens au dieu *Mars* consacraient le *mardi* (2),
Et le jour de *Mercure* était le *mercredi* (3).

Du puissant *Jupiter* la bonté souveraine,
A la joie enfantine accorda le *jeudi* (4).
Le *vendredi*, *Vénus* aux dieux parlait en reine (5);
Et l'on fêtait *Saturne* enfin le *samedi* (6).

Mais ce jour du *Sabbat*..... c'étaient les *saturnales*!
Bien plus que le travail, ces fêtes infernales
De la machine humaine usaient tous les ressorts.

(1) *Lunæ dies.* — (2) *Martis dies.* — (3) *Mercuris dies.* — (4) *Jovis dies.*
— (5) *Veneris dies.* — (6) *Saturni dies.*

Alors, la paix du ciel, colombe douce et blanche,
Descendit sur la terre et créa le *dimanche* (1)
Pour le salut de l'âme et le repos du corps.

(1869).

MYSTÈRE !

Sonnet n° 23

L'âme humaine se meut dans un fluide immense
Dont l'éternelle vie émane du soleil.
Qui s'en réserve seul l'immortelle semence
Pour féconder nos jours, de réveil en réveil.

Dans un but inconnu dont Dieu, dans sa clémence,
Ne veut point révéler le sublime appareil,
Si tout meurt, tout renaît, revit et recommence,
Car l'esprit ne meurt pas : la mort n'est qu'un sommeil.

C'est la chaîne des ans dont la marche nous presse,
Qui, s'enroulant toujours, se déroule sans cesse
Et dont les longs anneaux enchaînent l'avenir;

Jours d'espoir, de regret, de décevance amère,
De larmes et de deuil, dont, pour les cœurs de mère,
Le temps ne permet pas le constant souvenir.

(1878).

(1) *Dies domini.*

LE MOT DE CAMBRONE

Sonnet n° 24

Français, connaissez-vous le grand mot de Cambrone,
Mot qu'il faut savoir faire ou prononcer tout bas?
— Quoi! *Tout bas*, dites-vous; mais la trompette sonne,
Et rappelle; son bruit échappe en certain cas!

Ce mot, qu'un noble orgueil, aux accents de Bellone,
Fit répéter en chœur à nos vaillants soldats.....
C'est..... faut-il le nommer? Oh! non : Dieu me pardonne!
C'était..... *la garde meurt, elle ne se rend pas!*

Mais l'armée ennemie était plus forte en nombre...
Contre tant d'assaillants qui l'attaquaient dans l'ombre,
Le sabre du héros, dans ses mains, se brisa!

L'un d'entre eux s'en saisit, disant : il faut se rendre!
Et comme ils demandaient quelque autre chose à prendre...
Il leur répondit : m.....ort! et s'immortalisa!

LA PROVENCE

Sonnet n° 25

Lis ome de Marsiho e li fou d'Avignon,
V. MISTRAL.

O mon pays, chère Provence,
A quoi sert qu'un Dieu, sous ton ciel,
Nous ait dotés, dans sa clémence,
D'un séjour providentiel,

Si tes enfants, par inconstance,
Echangent leur joie et leur miel
Contre l'amère jouissance
D'un gouffre d'absynthe et de fiel ?

Longtemps Paris de ses merveilles
Charma mes yenx et mes oreilles ;
Mais ils n'en sont plus éblouis.

Adieu donc, musique et peinture,
Votre art ne vaut pas la nature,
Et j'aime bien mieux mon pays !

(1er juillet 1874).

LES DÉMOLISSEURS LITTÉRAIRES

Sonnet n° 26

Laissons-les s'agiter dans un cercle barbare,
Tourmenter le passé, torturer l'inconnu,
Traîner le renouveau du grottesque au bizarre,
Mettre l'art au néant et la sottise à nu.

Après avoir plongé le jour dans le Ténare,
A quel but leur succès sera-t-il parvenu ?
Ils auront démoli : c'est leur conquête rare ;
Tel est l'heureux progrès qu'ils auront obtenu !

La poésie était une muse sublime,
Qui comptait deux mille ans de gloire légitime ;
Les profanes ont mis sur son trône un bâtard !

Ne pouvant rien créer, leur inconstante rage
A voulu tout détruire, et..... voyez leur courage!
Ils ont dit : « l'Art est vieux, souffletons le *vieil art!*

(1875).

LYDIA

Sonnet n° 27

Lydia, ce doux nom, c'est le nom de ma femme.
Il demande un sonnet : « Ah! me dit-elle un jour,
« Tu fais des vers pour tous! Serait-ce une épigramme?
Dans tes chants mesurés, ce n'est jamais mon tour! »

— «Te chanter! Souviens-toi quand le soir, ma chère âme,
Nous consultons à deux ce merveilleux programme
Des concerts étoilés du céleste séjour....
N'est-ce point là, pour nous, un beau duo d'amour?

« Aimer, n'est-ce point là le plus charmant poème
Et le plus joli chant du langage suprême
Que jamais une muse à l'hymen solfia!

« Consacrant à l'amour sa douce mélodie
Horace en vers brûlants jadis chanta Lydie!
Moi, je fais mieux encor : je chéris Lydia! »

(1854).

EUGÈNE DUCLERC

VICE-PRÉSIDENT DU SÉNAT

Sonnet nº 28

Sur le sombre Océan aux flots tumultueux
Du monde politique en butte aux vents d'orage,
Où s'usent tant de noms, où sombrent tant d'heureux,
Tant de fiers, tant de forts..... Un seul encor surnage :

C'est Eugène Duclerc, cœur noble et généreux,
Qui ne changea jamais : des constants c'est le sage,
Pilote sauveteur au milieu du naufrage
Quand les débris flottants se débattent entre eux.

Duclerc eut le talent, talent aujourd'hui rare,
De savoir s'effacer, de soi-même être avare,
Et de vivre entouré d'anonymes jaloux.

Parmi les grands élus, dernier espoir qui reste,
De tous les esprits droits il est le plus modeste,
Et des hommes d'Etat le plus aimé de tous.

(1877).

A MES DEUX PETITES FILLES

Sonnet nº 29

Tendres chaînons d'amour, blondines souveraines,
Anges que le seigneur, arbitre de mon sort,
Fit descendre ici-bas pour adoucir mes peines,
Semer de fleurs ma vie et conjurer ma mort;

Ah! soyez mes gardiens sur ces plages humaines
Où le vieux nautonnier, amarré dans le port,
Prévoyant un naufrage aux régions lointaines,
Mesure l'Océan de l'œil et reste à bord.

Tendez vos petits bras vers le ciel, mes doux anges,
Mais n'allez pas si tôt rejoindre les phalanges
Qu'enrôle un Dieu jaloux des précoces trépas!

Dans ce séjour terrestre embelli par vos charmes,
Restez autour de moi; priez, séchez mes larmes;
Pour que je vive encor ne vous envolez pas!

  (1861).

MA MÈRE

Sonnet n° 30

Ma mère! ô nom sacré! trésor des saintes races!
Aurore qui, de l'homme, ouvre les premiers jours!
Tu résumes en toi, du ciel, toutes les grâces,
Tous les soins souriants, tous les chastes amours!

Heureux jusqu'à la mort je marchai sur tes traces :
Tel un fleuve à la mer, fidèle, suit son cours;
Du fond de ton cercueil, flot divin, tu m'embrasses
Comme l'onde obéit à d'éternels retours!

Nos deux cœurs sont unis par la même pensée.
Ton âme, de tes nuits vers mes jours élancée,
S'éclaire à mon soleil, mystérieux accord!

Et d'un œil suppliant dont l'ardeur se réveille,
Songeant à mes enfants, lorsque sur eux je veille,
Tu sembles dire à Dieu : « Seigneur, qu'il vive encor !... »

(1875).

LAURE ET PÉTRARQUE

Sonnet acrostiche n° 31

Qu'ils soient unis !....,
(*Dénouement de toutes les comédies*).

Le six avril, jour saint, mais triste et sans aurore,
Aux pieds d'un crucifix, dans un temple pieux
Une vierge priant le Dieu que l'on adore
Rendait grâce à Marie et conjurait les cieux !...

En jetant vers le ciel un regard qui l'implore,
Pétrarque a découvert un astre radieux,
Étoile à *huit rayons !*... Cette étoile, c'est Laure,
Toute resplendissante et divine à ses yeux.

Rapprochons aujourd'hui ces deux amants modèles,
Au sentiment si pur, et dont les cœurs fidèles
Résumèrent l'amour à son rêve enchanté.

Que leurs noms glorieux soient, au moins, par la lettre
Unis dans un sonnet : qu'ils soient heureux de l'être
En marchant, côte à côte, à l'immortalité !

(1874).

ROME

SONNET ACROSTICHE DE MOTS (*)

Sonnet nº 32

Un homme . . . .
De Dieu. . . . .
A Rome. . . . .
Saint lieu . . . .

Consomme . . . . . .
Son feu. . . . .
En somme. . . . . . .
De vœu . . . .

Qu'il meurre . . . . . .
Ou pleure. . . . . . .
Son droit . . . .

Qu'il sorte. . . . . . .
Ou porte . . . .
Sa croix ! . . . .

(1876).

TU & VOUS

Sonnet nº 33

Jusques à quand, pauvre Trouvère,
Grelottant loin de son foyer,

(*) Cet acrostiche à remplir fait partie des concours annoncés dans l'avant-propos de ce volume.

Le cœur brisé comme le verre,
Devra-t-il se voir rudoyer?

Vous oserez le renvoyer;
Mais pourrez-vous, toujours sévère,
Vous, la déité qu'il révère,
L'empêcher de vous tutoyer?

Lui reprocheriez-vous, cruelle,
De ne trouver que vous de belle?
Pour lui, votre nom seul est doux!

Ah! plein du chagrin qu'il éprouve,
Malheureux amant, il ne trouve
Que *tu* de plus joli que *vous!*

(1875).

LE CHEMIN DE FER

Sonnet n° 34

L'entendez-vous siffler? il vole et tourbillonne,
Surmonté de son casque, au long panache blanc!
Il court, il glisse, il fuit : la foudre l'aiguillonne,
Sur son coursier fougueux dont il presse le flanc!

Il file, et déjà loin sa fumante colonne,
Comme un serpent de fer, sur ses anneaux roulant,
Il se perd dans la voie, où sa fuite sillonne
Un nuage enflammé d'éclairs étincelant!

Ainsi, grâce au progrès, grâce au vol intrépide,
Grâce à la noble ardeur de ce coursier rapide,
Qui dévore l'espace et brûle le chemin ;

Grâce au moteur bouillant qui se nourrit de braise,
Et sa soif d'avenir que le temps seul apaise,
Les pôles ennemis vont se donner la main.

(1876).

LE JOLI MOIS DE MAI

Sonnet n° 35

« Nous aurons le beau temps au changement de lune, »
— Dit le bourgeois naïf et qui croit en *Mathieu;*
« Le ciel va se lasser de nous garder rancune :
« Vive le mois de mai ! c'est le mois du Bon Dieu ! »

La lune change, mais... en changeant, souvent l'une
Ne vaut pas mieux que l'autre; et, quand vient son milieu,
Quand viennent ses trois-quarts, son entier... « Belle brune,
Lui dit-on, le temps *vole* et je te dis : adieu ! »

Cependant, nous voyons reverdir la prairie;
Juin prépare ses blés, et le mois de Marie
Nargue le laboureur qui, l'œil terne, abattu,

A l'ingrat firmament, toujours veuf de lumière,

Répète, chaque jour, en disant sa prière :

« *Ah ! joli mois de mai, quand nous reviendras-tu ?* »

(Juin 1865.)

LA CHAMBRE

Sonnet n° 36

Supposons un moment que l'Enfer soit *la Chambre*.
Ce corps si divisé d'infirmes incompris,
Où *Grévy-Lucifer* comme un diable se cambre,
Tant le bien et le mal y croisent les *esprits*,

« Puisque la loi, dit-il, me fit le premier membre
« De ce cafarnaum de lutins mal appris,
« Je veux les distinguer d'octobre et de novembre
« Dans leur tumulte affreux de plaintes et de cris.

« En attendant qu'un jour le bon Dieu les rapproche,
« Je mets ici : progrès, fer et feu — *côté gauche* ;
« Là : souvenir, blason, rêve d'or — *côté droit !* »

A ce tableau du couple irréconciliable,
A ces distinctions, vous voyez que le diable
N'est pas si vain, si faux, si fourbe qu'on le croit.

(1877).

TROIS SONNETS POUR UN

EN RÉPONSE A UN SONNET DE M. GUSTAVE LEVASSEUR

QUI M'AVAIT ÉTÉ ENVOYÉ ET QUI LUI SERVIT D'ACROSTICH

Sonnet n° 37

Pécheurs,   Quand vous avez un repentir sincère,
Novices   Dans le mal, vous êtes pardonnés,
Les fleurs   Et vos amours, comme dans une serre,
Factices,   Dans leur joie, heureux emprisonnés,

Ont leurs   Jours de revers, ont une gloire amère;
Caprices,   Quelquefois, ils périssent morts-nés.
Les cœurs,   Lorsqu'ils sont faux, on les maudit sur terre,
Leurs vices,   Leurs plaisirs y sont empoisonnés.

Un jour,   Un jour suffit pour remplir ce jour même
D'amour,   D'un feu brûlant, dont le bonheur suprême
Rapporte,   A pour retour des semaines d'ennuis;

Cent nuits   De voluptés qu'un rien couvre d'alarmes!
D'ennuis   Et de tourments! — Mais qu'est un jour de
[larmes!

Qu'importe   Un jour amer quand douces sont les nuits?

(1874).

CHÈRES ARMES!

Sonnet n° 38

A la guerre,
Jeu d'enfer,
Soit sur terre,
Soit sur mer.

L'or, matière
Noble et fière,
Est moins cher
Que le fer.

Chères armes,
Chères larmes,
Chers trésors !

O victoire !
Vaine gloire !
Pauvres morts !

(1870.)

LE JARDIN DE PÉTRARQUE

Sonnet n° 39

Pétrarque aimait Vaucluse où, rêveur solitaire,
Il charmait ses ennuis en chantant ses malheurs.

Seuls, avec le laurier, croissaient, dans son parterre,
Le myrte, la pensée et le souci : — des pleurs!

Plus tard, lorsque l'amant, vaincu par ses douleurs,
Eut vidé de la mort la coupe salutaire,
Au jardin du poète, aride coin de terre,
Il ne restait plus rien de l'amour et des fleurs,

Mais la gloire..... Aujourd'hui, le pèlerin qui passe
Devant l'arbrisseau vert s'écrie à cette place
« C'est ici : chapeau bas! son culte est un autel! »

Voué, de père en fils, au souvenir de Laure,
Après cinq cents hivers, ce laurier vit encore
Et revivra toujours, car il est immortel!

(1874.)

RABELAIS

PEINT PAR LUI-MÊME

AUX YEUX DE SES DÉTRACTEURS CONTEMPORAINS

Sonnet n° 40

Le public, ce faux interprète
Du livre dont je suis l'auteur,
Me croit méchant, puis il me prête
Des goûts cyniques : double erreur.

Voici mon image parfaite :
J'eus toujours, je m'en fais honneur,
Moins mauvais cœur et bonne tête
Que mauvaise tête et bon cœur.

Car trop souvent, dans mon délire,
J'ai fait le mal, même le pire,
Quand c'est le bien que je voulais.

Ces travers ne sont pas les vôtres ;
Mais, si j'étais comme les autres,
Je ne serais pas Rabelais.

(1875.)

LE BRAVE CRILLON

Sonnet n° 41

C'est souvent à bon droit que les hommes de guerre
Sont appelés tyrans ou fléaux de la terre ;
Et les vainqueurs qui, sourds aux conseils libéraux,
Ne sont qu'ambitieux, deviennent des bourreaux.

Mais il est des guerriers dont l'heureux caractère,
Le riche naturel, les mœurs, la vie austère,
Unis à la valeur, font de grands généraux,
Même des conquérants ; ceux-là sont des héros.

3

Tel fut le grand Crillon, le bras droit d'Henri quatre ;
Crillon savait aimer comme il savait combattre ;
Ferme, il tenait la lance et le serment promis.

Mais, disons plus encor : ce cœur droit et fidèle,
Ce brave, ce vaillant, ce confident modèle,
Et cet ami du Roi, fut le roi des amis.

(1867).

LES TROIS VERNET

Sonnet n° 42

Vous Joseph, Carle, Horace, honneur de mon pays,
Trois générations de gloire pour la France !
Pourrai-je vous chanter ? Non, non : vaine espérance,
Grands peintres : l'on dirait que je vous ai trahis !

Mes yeux à vos tableaux peuvent être éblouis ;
Mais un sonnet pour eux aurait trop l'apparence
D'un atome nageant dans la circonférence
Des temps, par le génie au long cours envahis.

Devant la terre, l'eau, la foudre, les tempêtes,
L'histoire, les chevaux, les combats, nos conquêtes,
Sur vos toiles vivants, que sont quatorze vers !

Pourraient-ils s'élever à vos hauteurs suprêmes ?
Non, il faudrait Homère et ses divins poèmes
Pour le triple pinceau qui peignit l'univers !

(1867).

_____

LES DEUX MAIRES MODÈLES (1)

Sonnet n° 43

Puy, le maire par excellence,
Sous l'Empire eut des jours d'enfer ;
Mais l'Empereur y voyait clair,
Et distinguait l'homme en silence.

« Voici, dit-il, ce que j'en pense :
« Je ne possède en fait de *mair'*
« Qu'un seul puits de bonne onde en France,
« Bien qu'Avignon le trouve amer. »

Aujourd'hui la Démocratie
De l'*onde à maire* est adoucie ;
Et le chef de l'Etat nouveau,

_____

(1) Les Avignonais du premier Empire français, s'il en reste, doivent se
rappeler le jeu de mots, quelque peu trivial, vulgaire ou *aquatique* que
fit Napoléon au sujet du maire Puy, *le maire modèle.* L'auteur des *Sansonnets* n'a pas voulu le laisser *tomber dans l'eau,* et il a cru devoir le leur
conserver dans toute son originalité pittoresque.

Que l'heureux destin nous amène,
Peut retrouver en du Demaine
Un brillant d'encor plus belle eau.

(1875).

L'HOMME LE PLUS HAUT PLACÉ

Sonnet n° 44

Dans Avignon, ville aristarque,
Où l'encens fume à Jean Le Fol,
Qu'on me cite l'homme de marque
Le plus haut placé sur le sol :

Serait-ce Jean Althen, Pétrarque,
Bénézet, Saboly, Peyrol,
Crillon, l'ami du bon monarque,
Joseph Vernet, saint Agricol?

Point; mais je sais un personnage
Dont le nom, dans son voisinage,
Sonne plus haut même qu'Isnard,

Dont l'intelligente richesse
Fit un hospice à la vieillesse;
— Quel est cet homme? — *Jacquemart.*

(1868).

FANOT LE CARILLONNEUR (1)

Sonnet n° 45

On pourrait en citer un autre
De chair et d'os ; il eut l'honneur
De noter dans un ton mineur,
En sons d'airain, la patenôtre.

Cet interprète du Seigneur
Sur la terre est aussi le nôtre.
Ce cléricat, ce bon apôtre,
C'est Fanot le carillonneur !

Mais, selon le son de sa poche,
Chez lui tout cloche ou rien ne cloche ;
Le *gratis pro Deo* tin-tin

Est sourd, car il rançonne l'heure,
Soit que l'on naisse ou que l'on meure.
Depuis le soir jusqu'au matin.

(1869).

(1) Après Jacquemart, Fanot, le carillonneur, mérite, en effet, d'être placé en seconde ligne parmi les personnages *haut placés*. Il est l'auteur d'un carillon de cloches où, sans connaître une seule note de musique, il exécute tous les airs du rite et tous les noëls de Saboly.

LA BALANÇOIRE HUMAINE

Sonnet n° 46

Deux conseils que haut l'on proclame,
Placent la vie entre deux sorts ;
L'un dit aux hommes : « *Sauvez l'âme !* »
L'autre leur dit : « *Sauvez le corps !* »

Dans ce combat, sujet d'un drame,
Le faible lutte avec le fort :
C'est la glace contre la flamme ;
C'est le triomphe ou c'est la mort !

Que faire ? Ici, je me récuse,
Car mon cœur serait sans excuse
A prononcer son jugement.

De ces deux conseils : Joie ou Larme,
Le plus fourbe est celui qui charme,
Le plus doux est celui qui ment.

(1867).

LA BELLE-MÈRE

Sonnet n° 47

Mes bons amis, la belle-mère,
Commença par donner le jour

A l'épouse qui vous fut chère,
Et qui vous inspira l'amour.

Puis, d'époux, vous devenez père,
Même beau-père à votre tour,
Et, si votre sort est prospère,
Un gendre vous fera la cour.

Mais un tendre enfant vient de naître ;
Grand maman va le reconnaître
Et le dorloter dans ses bras.

Que leur sort est digne d'envie !
C'est toi qui leur donna sa vie ;
Ah ! belle-mère, ne meurs pas !

(1874).

5ᵉ ANNIVERSAIRE DU CENTENAIRE DE LA MORT DE PÉTRARQUE

LE 18 JUILLET 1874

Sonnet nº 48

Homère ne meurt pas !

L'an que nous traversons porte un chiffre sonore,
Sept et quatre, en deux corps l'un par l'autre enchaîné

Le Temps, sur le tombeau du tendre amant de Laure,
Depuis cinq cents hivers, cinq fois l'a ramené.

Que l'écho du vieux roc, aux doux sons destiné,
Plus vibrant que jamais en retentisse encore !
Un congrès solennel veut que le monde honore
Le nom du lauréat doublement couronné !

Chantres de tous pays, vous tous de qui la Muse
Cède aux accents du cœur, arrivez à Vaucluse,
Source claire, ciel bleu, pittoresque séjour !

Bardes et ménestrels, troubadours et trouvères,
Venez vous joindre à nous : les poètes sont frères
Quand il faut célébrer le Génie et l'Amour.

(Avril 1874).

LE TRAVAIL

CONSEILS D'UN BON PÈRE A SES ENFANTS

Sonnet n° 49

> Travaillez, prenez de la peine,
> C'est le fond qui manque le moins.
> (LAFONTAINE.)

Mes enfants, travaillons ! Le travail, c'est la vie :
L'abeille, au doux labeur, se livre en folâtrant ;

L'araignée, elle-même, à sa toile asservie,
Fut notre premier guide en l'art du tisserand;

La fourmi fait son tas ; sur la côte gravie
Le cheval, intrépide, arrive en conquérant ;
Il n'est pas jusqu'au ver dont l'œuvre poursuivie
Ne devienne un tissu qui brille au premier rang.

Le front soumis au joug, le taureau dans la plaine,
A l'ardeur du soleil exposé, hors d'haleine,
Féconde nos guérets en creusant des sillons.

Dans ce noble chantier que Dieu d'en haut contemple,
C'est la bête qui prime et qui donne l'exemple
Au roi des animaux !... Mes enfants, travaillons !

GRANDE PIPE

Sonnet n° 50

Van Klaïs, *grande pipe*, intrépide fumeur,
Aux cendres du tabac voua sa vie entière ;
Il fumait nuit et jour ; la nuit, en son honneur,
Comme un cierge au bon Dieu, brûlait une lumière !

Ce *poison lent* si doux, si doux dans sa lenteur,
Jusqu'à près de cent ans prolongea sa carrière !

Il fumait même encore à son heure dernière,
On le vit, ce jour-là, d'une fort belle humeur.

Il dit, en expirant, à son valet fidèle :
« Je vais quitter... la pipe, hélas ! et ne vois qu'elle
« Qui puisse de la tombe, un jour, me relever.

« Tu mettras dans ma bière, auprès de mon squelette,
« Ma pipe, du tabac, avec une allumette,
   « On ne sait pas ce qui peut arriver !... »

    (1876).

LE MONOPOLE

SONNET BOUTS-RIMÉS

Sonnet n° 51 (*)

. . . . monopole
. . . . droit méchant
. . . . et tranchant,
. . . . qui désole,

. . . . ton contrôle
. . . . au marchand

(1) Ce sonnet *bouts-rimés* fait partie de ceux proposés en concours dans la notice historique qui précède ce volume.

. . . . . . laisse un rôle

. . . . . . peu touchant !

. . . . . . l'arquebuse

. . . . . . de ta ruse

. . . . tire en roi,

. . . . . . sous le Louvre,

. . . . qui le couvre

. . . . . . de sa loi.

(1878.)

LE SUFFRAGE UNIVERSEL

Sonnet n° 52

Après Dix-huit-cent-trente, une loi libérale
Fut faite aux électeurs : l'impôt les convoquait ;
Le cens réglait leurs droits : ordre, fierté, morale,
Sagesse, esprit, raison ; rien de bon n'y manquait.

Mais dix-huit ans plus tard, l'outrecuidance orale,
D'un rêveur politique, au dessert d'un banquet,
Poussa ce cri fameux : *Réforme électorale !* (1)
A ce mot du tribun, le sens fit son paquet.

(1) Cri poussé par Ledru-Rollin.

« Place à tous! disait-on, à bas seigneurs et maîtres!
« A tout rang, à tout âge, ouvrons porte et fenêtres
« Et nous aurons la clef des caveaux du recel !

« *La vile multitude* (1) est bonne patriote ;
« Elle rend nos amis souverains par le vote ;
« Le nombre, c'est la loi : *Suffrage universel !*

(1877).

MÛR

Sonnet n° 53

« Pauvre propriétaire ! Il construit à son âge!
Soixante-dix-huit ans ! bel âge de raison !
Il n'aura pas atteint son quatrième étage,
Qu'un clerc, vêtu de noir, lira son oraison!

« C'est quand il va partir, qu'il se met en ménage ;
Il songe, au lit de mort, à bâtir sa maison.
Vaut mieux tard que jamais, tel est l'avis du sage :
Ces soins sont prévoyants, mais fort peu de saison. »

« — Je n'ai, dit le rentier, que peu de temps à vivre,
C'est vrai, mais à la tombe, un jeune peut me suivre,
Et je veux qu'il me paye au terme : c'est plus sûr.

(1) Mot attribué à Adolphe Thiers.

Veut-on savoir, selon l'opinion commune,
L'heure la plus proprice et la plus opportune
A l'homme pour bâtir? c'est quand il devient mûr !

(1877).

LA MODE

Sonnet nᵒ 54

La mode est une roue immense
Qui tourne et retourne sans fin ;
Se renouvelle et recommence
Tout ce qui fuit sur son chemin.

Elle est la nouvelle romance
Que chante sur un vieux refrain
La folle qui, dans sa démence,
Mêle la veille au lendemain.

C'est une esclave sous l'empire
D'un règne qui jamais n'expire,
Et qui toujours gouvernera.

Qu'elle soit ridicule ou sage,
Il faut la suivre à son passage,
Car sans cesse elle passera.

(1875).

CONCOURS

On propose aux Amateurs le tour de force suivant qui consiste à remplir, en vers de *huit syllabes*, le sonnet suivant, tout à la fois acrostiche et bouts-rimés.

Sonnet n° 55 (1)

L	*France*
E	*vigoureux*
D	*vaillance*
U	entre eux
C	*l'espérance*
D	*généreux*
E	*assurance*
M	*heureux*
A	*l'orage*
G . . . . , . .	*courage*
E	*appui*
N	*victoire*
T	*gloire*
A	lui.

(1) Les conditions de ce concours, sont, comme les autres, consignées au commencement du volume. Le numéro 17 peut servir de modèle à ce travail.

LAURE A SON LIT DE MORT

Sonnet nº 56

> Discolorato hai, morte, il più
> Bel volto che mai si vide !
> (Petrarca, Sonetto XV.)
> (212.)

Un noir fléau sévit sur l'humaine nature !...
Laure ! hier si brillante avant son dernier jour,
Se meurt ; une heure encore et cette âme si pure,
Comme l'onde à la mer, aura fui sans retour.

Cette rare vertu, cœur simple et sans détour,
A celui qui l'aimait aurait cru faire injure
En se donnant à lui, criminelle et parjure :
Epouse, elle aima mieux lui taire son amour.

C'en est fait !... tout son sang s'est porté vers sa tête !
Elle rêve... à Pétrarque... et parlant du poète :
« Viens ! lui dit-elle ; au Ciel, aimer c'est le devoir.

« Bientôt, de tous liens à jamais dégagée,
« Et par la main de Dieu, victime protégée,
« Sans trouble au moins, là-haut, je pourrai te revoir ! »

(1874).

LES RADICAUX

Sonnet n° 57

Les radicaux font des miracles
A rebours de l'humanité;
Tous leurs discours sont des oracles
D'audace et de brutalité.

Ils franchissent tous les obstacles
Au nom de la fraternité;
Et leurs clubs sont les réceptacles
Des abus de la liberté.

Des noirceurs de la calomnie
Ils ont l'esprit et le génie;
Leur haine a le coup d'œil parfait,

Ils ont le flair diabolique,
Mais ils tueront la République :
Ce sera leur premier bienfait.

(1878).

GERMAIN, LE PÊCHEUR

Sonnet n° 58

« Un malheureux pêcheur est à charge à sa femme;
Comme père il est vieux : c'est le pauvre Germain,

Devenu même inapte à diriger sa rame,
Il n'a plus sur l'eau qu'un chemin.

Car il n'avait qu'un fils, et l'État le réclame :
Le sort tombe sur lui ; mais la débile main
De son père, aujourd'hui, jure ici sur son âme
Qu'il partira pour lui demain.

« Oui, si Dieu le permet et s'il me le pardonne,
Demain, au point du jour, la pêche sera bonne ! »
Il dit, chavire et coule bas !

Le pêcheur, en effet, pêché dans la rivière,
Portait sur lui ces mots avec sa gibecière :
« Le fils de veuve ne part pas! »

(1877).

L'ENNEMI DU SOLEIL (1)

Sonnet-Charade n° 59

Si vraiment quelque part *mon premier* peut sans voile
Se montrer en plein jour et briller sans décor,

(1) Ce sonnet-charade fait partie du concours littéraire dont le programme
est consigné dans l'appendice de ce volume. Sa solution doit être énoncée
dans une pièce de vers contenant les mots de la charade.

4

C'est dans la vérité, car la gaze et la toile
Sont un égal obstacle à son utile essor.

Ne cachons pas non plus *mon second*, blanche étoile
Que la neige des ans révèle plus encor.
La vie est un esquif qui doit à pleine voile,
Sur le fleuve du temps, glisser franc comme l'or.

Mais *mon tout*, c'est la nuit, c'est le brouillard, c'est l'ombre'
C'est l'éclipse du clair qui, sous son crêpe sombre,
Vient obscurcir des cieux le pavillon vermeil.

Les vapeurs d'ici-bas sont, hélas ! son principe ;
Aussi l'on n'est joyeux que lorsqu'il se dissipe,
Et ne se montre plus *l'ennemi du soleil*.

(1878).

LA GRANDE CITÉ

SONNET-LOGOGRIPHE- CONCOURS (1)

Sonnet n° 60

Mon corps n'a que cinq pieds ; mais il a de l'ampleur ;
Car il peut contenir quinze enfants dans son cœur.

(1) Il s'agit d'établir sur ce grand mot, très-facile à trouver, une pièce de vers contenant tous les mots du logogriphe. Voyez du reste sur les conditions de ce petit concours l'appendice qui précède le livre des *Sansonnets*.

D'abord : — sur deux, je suis une note en musique ;
— Un vin délicieux ; — une monnaie antique.

Sur trois : — un établi ; — chez l'Anglais le mot *sieur ;*
— Un tissu sans duvet ; — une trace légère ;
— Un élément de vie ; — une mesure agraire ;
— La colère ; — un sourire agréable ou moqueur.

Puis sur quatre : — Un vieux membre à la législature;
— Des rayons ; — ce qui fait l'objet d'une gageure ;
— Et jadis en Egypte une divinité.

Mais quelles sont ma gloire et mes vertus divines ?
Les voici, car il faut, lecteur, que tu devines :
En cinq lettres je suis *une grande cité.*

(1877)

LE JUDAS

Sonnet n° 61

Ils sont trois : Dévoûment! Franchise ! Loyauté !...
Quel est le plus menteur d'entr'eux? — Est-ce le blême,
Le vert ou le ponceau?—C'est vous!—Non, c'est vous-même !
— Non, non, c'est lui ! — Lequel a dit la vérité ?

Ils se trompent tous trois : le pire, c'est l'extrême ;
L'intrigue à son profit soumet la liberté ;
Et Paris meurt de faim dans ce conflit suprême
Du droit, de la justice et de l'humanité.

Ils étaient là, debout devant leur paradigme,
N'espérant même plus que le mot de l'énigme
Sorte enfin triomphant de leurs débats mesquins ;

Et leurs yeux le cherchaient partout aux plus hauts faîtes,
Lorsqu'un secret *judas* qui s'ouvrit sur leurs têtes,
Fit retentir ces mots : *Arlequins! arlequins!*

(1878).

LES OREILLES D'ANE

Sonnet n° 62

— « Mon portrait n'est pas ressemblant !
« Vingt francs pour une œuvre imparfaite,
« C'est trop cher, disait un poète. »
Il s'abusait, ainsi parlant.

— « L'œuvre pêche donc par le faîte ?
« Soit. répond l'artiste, eh bien, v'lan !
« J'y mets deux cornets sur la tête
Et vais l'exposer ! » — « Insolent !

« Voilà vingt francs, rendez l'image ! »
— « Non, j'ai corrigé le dommage :
« Maintenant j'en veux dix écus.

« Rien ne vous manque plus au crâne ;

« Vous avez vos oreilles d'âne :

« Le portrait vaut dix francs de plus ! »

(1878).

VOLE, VOLE, SONNET !

SONNET-ACROSTICHE-CONCOURS — Sonnet n° 63 (1)

Vole, vole, sonnet !... — Viens ouvrir la carrière
Où déjà, lyre en main, plus d'un rimeur t'attend !
Lorsqu'il paraît trop tard en lice, la barrière
Est fermée au champion qui repart mécontent.

Vite, arrive nous donc sous la verte bannière
Où bientôt cent rimeurs prendront place en chantant !
Là, tu pourras montrer ta valeur noble et fière
Et recevoir le prix d'un triomphe éclatant.

Sur quoi rimeras-tu ? Sur notre politique ?
On peut t'en dispenser ; elle est trop despotique ;
Nul n'en veut plus. Pourtant il faut s'expliquer net.

Nous parleras-tu mode, art, théâtre, peinture ?
Esprit des mœurs du temps, lois et magistrature ?
Ton sujet quel est-il ? — L'amour ! — *Vole, sonnet !*

(1878).

(1) Il s'agit de couronner un sonnet sur l'amour, sujet très-intéressant mais non moins scabreux et difficile à traiter. Ce ne serait donc point le cas de l'environner d'entraves en dehors de celle du sonnet lui-même : En conséquence, bien que l'on demande ici au concurrent une pièce sympathique et attachante, il est bien entendu que l'acrostiche n'y est pas de rigueur.

LE MOT CARRÉ DE LA MUSIQUE (1)

Sonnet n° 64

1er MOT CARRÉ	2e MOT CARRÉ	3e MOT CARRÉ
RÉ MI ♯FA	FA ♯SOL LA	SOL LA SI
MI FA SOL	SOL LA SI	LA SI ♯DO
FA SOL LA	LA SI ♯DO	SI DO RÉ

Ré, mi, fa, — mi fa, sol, — fa, sol, la,
Le mot carré de la musique
Demande une chanson comique.
En *ré majeur* : nous y voilà.

Le dernier groupe trilogique
De ce premier carré magique,
A la note *sol ;* armez-la
D'un *dièze* et passez en *la.*

Ne filez point à tire-d'aile.
Prenez *le bon temps* pour modèle :
Le temps de notre *mode est ré.*

C'est une allure mitoyenne
Entre romane et parisienne :
Soyez rond, mais surtout *carré.*

(1878).

(1) Ce sonnet se rattache à un concours de composition musicale, destiné à une chanson comique, dans lequel le vainqueur recevra pour prix, à son choix, ou le *Dictionnaire de Musique illustré,* ou la partition pour piano de *Sémiramis,* de Rossini, traduction lyrique de l'auteur des *Sansonnets.*

ARTISTE ET PHOTOGRAPHE

Sonnet n° 65

On ne fait pas grand cas d'un simple photographe :
Avez-vous jamais vu, dans le monde des arts,
Chanter par un poète ou par un biographe
Le caprice du temps, de l'heure et des hasards?

Le peintre opérateur, comme le calligraphe
A ses talents privés ; il met bien l'orthographe ;
Comme tous les marchands, il ouvre des bazars,
Et pompe le soleil, ce miroir des lézards !

Mais tous ces exposants, tous ces étalagistes
Sont des industriels et non pas des artistes.
Le plus digne à Paris de ce nom, c'est Tourtin.

Parmi les maréchaux de la photographie,
Il en est un qu'on cite et que l'on glorifie ;
C'est l'élève estimé d'Ingres et de Flandrin.

(1875).

PAQUES

Sonnet n° 66

Mars, avril, jours brumeux, mois sombres, lune rousse,
Qui cachiez Apollon sous vos manteaux épais.

Vos malheureux quartiers, de secousse en secousse,
Se déclarent enfin en faveur des bouquets ?

Adieu ! l'heure est venue où la poule qui glousse
Pleure ou chante sa peine en pondant ses œufs frais ;
L'oiseau redit ses chants ; la feuille qui repousse,
Joyeuse, reverdit au soleil de la paix !

Ce soleil a fait honte à vos brouillards opaques...
Hosanna ! gloire au ciel ! Gloire au grand jour de Pâques
Qui nous rend le bonheur, les roses et le miel.

C'est le jour du salut consacré par l'oracle,
Où le monde renaît, où l'ange du miracle,
L'Homme-Dieu triomphant, va remonter au Ciel !

(21 avril 1878. jour de Pâques).

LA PEINE DE MORT

Sonnet n° 67

Nous devons rappeler à nos économistes,
A nos législateurs et même à nos légistes
Le mot d'Alphonse Karr sur la peine de mort :
Sa pensée est logique et son cri n'a pas tort.

La loi du Talion doit même aux réalistes
Convenir : cette loi fait taire le remord ;

C'est la loi du plus juste imposée au plus fort,
Et que le droit des gens commande aux moralistes.

Cependant au doux vœux des amis du progrès
Conformant nos désirs, nos soins et nos regrets,
Nous cédons de grand cœur : nous pensons comme ils
                                        [pensent,

Nous voulons pardonner, et du sang des humainr,
Pour la paix, devant Dieu, ne pas rougir nos mains,
Mais que messieurs les assassins commencent !

            (1869).

LE CHIEN DU LOUVRE

Sonnet n° 68

Vers la fin de juillet de cet an mémorable
Où contre Charles dix Paris se soulevait.
Parmi les combattants, un héros admirable,
Guillaume, avait un chien qui partout le suivait.

Mais hélas ! au milieu des balles qu'il bravait,
Un rien pouvait scinder le couple inséparable.
Pauvre maître ! il songeait au destin déplorable
Que, lui mort, à son chien le destin réservait.

L'homme tombe ! Un obus avait brisé sa tête !
On l'enterre, et son chien, sur le lieu, pauvre bête !
Vient gratter le terrain pour partager son sort.

Il semblait demander la double sépulture ;
Et quand on lui montrait un peu de nourriture,
Son lugubre aboiement semblait répondre : *mooort !*

(1831.)

ALORS.....

Sonnet n° 69

Alors... il fut un temps, et vous pouvez m'en croire,
Où les femmes parlaient : mères, brus et consorts,
Qu'on nomme filles d'Eve et filles de mémoire,
Alors comme aujourd'hui jacassaient à pleins bords.

L'une d'elles, un jour, revenant de la foire,
Voulut me raconter une prise de corps,
De griffes, de cheveux et de becs, longue histoire
Où j'avais entendu cent vingt-cinq fois *alors !*

A ce bruyant récit, source de somnolence,
Je baillais... elle crut que j'imposais silence ;
Elle se trouva mal !... Moi, je la relevai,

L'éventant dans mes bras... quand, soudain, la pécore,
Ayant repris ses sens, allait redire encore
Son chapelet d'*alors*... *alors* je me sauvai.

(1875).

LA POMME DE DISCORDE

Sonnet n° 70

Quels sont les plus heureux liens
De cette impitoyable horde
Qu'on appelle Turcs ! C'est la corde
Ou le cordon, guide des chiens.

Mais, pour la France et les chrétiens,
Ils sont la pomme de discorde ;
Sur elle il faut que chacun morde
De tous biais et par tous moyens.

Indes, Balkans et Dardanelles,
De débats sources éternelles,
Qui mettez l'Europe en péril,

Que le fruit du mal se consomme !
Si la Turquie est une pomme,
Qu'on la partage : ainsi soit-il ?

(1875.)

LES FLEURS DE LYS DU PALAIS DE JUSTICE

Sonnet n° 71

Etes-vous allé voir le Palais de Justice?
Certe, il faut la lui rendre; elle n'est plus factice;
Car elle a dévoilé nos plus belles couleurs :
Si le peuple a ses droits, les princes ont les leurs !

Il faut bien qu'avant tout l'Etat les garantisse.
Paris a bien souffert, mais, après ses malheurs,
Il respire, et la France attendait le solstice
Du printemps et de mai, pour restaurer les fleurs,

Ces insignes longtemps furent couverts d'un voile.
« Qui sait ce qu'à nos yeux peut gazer cette toile,
« Disait-on; quels serpents sont cachés sous ces plis? »

Que vois-je ! Oh ! ce sont bien les armes du vieux trône;
C'est bien là de nos rois la brillante couronne !
Vive la République avec les *fleurs de lys !...*

(Mai 1878).

UNE BEAUTÉ !

Sonnet n° 72

Ses petits yeux dont le feu brille,
Pleins d'impatience et d'ardeur,

S'ouvrent comme une double vrille
Cherchant à perforer un cœur !

Puis, quand sa lèvre s'écarquille,
Son gros rire éclate, ô malheur !
Ce qui parle en elle fait peur :
C'est la porte de la Bastille !

Elle tient pourtant à s'ouvrir ;
Aussi Nadaud fit-il courir
Une chanson qui vantait ses merveilles.

Ainsi son refrain finissait :
« Elle est jolie, elle le sait ;
« Sa bouche va le dire à ses oreilles ! »

(1875).

LE NAPOCAMÉTÉONISTE

Sonnet n° 73

Que vois-je au haut de la montagne !
Un faux rouge, fileur nouveau
Qui grimpe à ce mat de Cocagne
Pour glisser du faîte au caveau !

Ainsi jouant à qui perd gagne,
Le blanc reprenant son niveau,

Pourrait au bout de sa campagne.
Voir la fin de son écheveau.

Mais la mouvante girouette,
Arlequin masqué, pirouette ;
Et le changeant Caméléon.

Après ce coup de pied de l'âne,
Rêve un dernier retour profane
Vers un prochain Napoléon,

(1875).

L'HISTOIRE DU COSTUME FÉMININ

Sonnet n° 74

Robe : tel est mon nom. Après l'honneur insigne
Du trop modeste abri de la feuille de vigne
Et des plumes de coqs où l'œil voit de travers
J'ai fait bien du chemin dans ce vaste univers.

Je dois vous rappeler l'usage un peu plus digne
De la gaze, du lin, du drap, tissus divers
d'Où naquit la tunique ; un fait que je consigne
Pour vous dire en deux ma gloire et mes revers

Après les deux paniers, le maillot de l'empire
La *guêpe*, les *gigots*, la *pagode*, et bien pire
Le *ballon crinolu* si favorable à l'œil

Le globe a disparu, mais ma gloire est accrue,
Je deviens aujourd'hui, balayeuse de rue,
Traînant dans les bourbiers ma queue avec orgueil.

(1878.)

MOT NAÏF D'UN RADICAL

Sonnet n° 75

Les radicaux ont des mystères
Dans leur pure légalité ;
Laissez-vous dépouiller, bons frères,
Au nom de la fraternité !

Ils sont durs, exigeants, colères ;
C'est l'esprit de leur liberté ;
Mais vous, soyez francs, doux, austères,
Ainsi le veut l'égalité !

Citons un de leurs mots comiques,
Car leurs abus académiques
Sont les moindres de leurs abus :

L'un d'eux, derrière une muraille,
Dit, un jour, aprè la bataille :
« Les lâches ! ils nous ont vaincus ! »

(1870).

LE CHIGNON D'OR

Sonnet n° 76

Veut-on voir défiler l'escorte
Des beaux chignons, groupe infini ?
Après le Belge, feuille morte,
Vint l'Andalou au poil bruni ;

Puis le Mauresque de la Porte
Par le blanc-poudre rajeuni ;
Aujourd'hui, celui qui l'emporte,
C'est l'aurifère au fil jauni.

Admirez la rousse tignace
De cette splendide filasse :
Venez tendre fils de milord ?

Vite, allons donc ! que London vienne
Voir la comète absalonienne !...
Accourez, ceci vaut de l'or !...

(1877)

LES ROUÉS DE LA TRIBUNE

Sonnet n° 77

Rouher et Gambetta sont fous, Dieu me pardonne,
De mettre dans leur lutte un tel acharnement !
L'un dit qu'il faut *tenir* et que la chambre est bonne,
L'autre veut, à tout prix, son renouvellement.

Ils ont tort tous les deux ; l'un brait et l'autre tonne :
Il faut avoir raison de leur raisonnement.
Entre le bonnet rouge et la verte couronne
Que doit choisir la France ? un bon gouvernement.

« — Vous êtes un podagre ! un Auvergnat ! un âne !
« — Vous, un démolisseur ! un communard profane ! »
Soit, tribun Gambetta, vos traits valent de l'or.

Rouher est un roué qui mérite la roue,
Semblez vous dire ? — Eh bien, sur son char qu'on le cloue !
Rouez-le ; mais tremblez qu'il ne vous roue encor !

(1872)

LE DOUBLE SENS

SONNET - ÉNIGME-CONCOURS

Sonnet nº 78

En cinq lettres, dont deux jumelles,
J'exprime l'estime ou l'affront
Qui fait monter aux demoiselles
La joie au cœur, le rouge au front.

Lorsqu'en moi les uns trouveront
L'image des vertus modèles,
Au mépris des amours fidèles
Ailleurs les autres me voûront

Ici, je suis toute interdite
Devant ces mots : « Va-t'en, Maudite !
« Jamais tu ne me reverras ! »

Et là, je me sens radieuse
A cette prière joyeuse :
« Viens, mon ange, viens dans mes bras ! »

(1876)

_____

(1) Cette énigme fait partie des concours dont le programme est dans la préface.

IMPOSSIBILITÉ

Sonnet n° 79

ADRESSÉ EN 1874 A M. LE COMTE ARMAND DE PONTMARTIN

Français... vous diviser, c'est poser des entraves
Devant votre bonheur, fruit d'un doux avenir !
De vos haines d'hier chassez le souvenir.
La guerre est un fléau : les volcans ont des laves.

Il n'est qu'un seul drapeau pour un peuple de braves ;
C'est celui de l'honneur ; ferme on doit le tenir.
Légitimistes purs, vos devoirs sont très-graves :
Les partis, les couleurs, il faut les réunir.

Mais, comme on fit jadis pour le sauveur du monde,
N'élevez point Henri sur un gibet immonde
A couronne d'épine, un trône ensanglanté !

La France, pour répondre à son élan sublime,
Ne doit pas sur les pieds d'un prince magnanime
Planter ce clou fatal : *Impossibilité !*

(1874).

UN BON LIVRE EST UN BON AMI

Sonnet n° 80

J'ai cru jadis à la constance
De l'amitié, trésor si doux :

J'avais des amis dont l'absence
Me causait des chagrins jaloux.

Aujourd'hui, leur indifférence
A brisé ma chaîne à deux bouts,
Vers la liberté du silence
La lecture a tourné mes goûts.

Aux grands peintres de la nature,
Soleils de la littérature,
Qui ne me charmaient qu'à demi,

Maintenant, heureux je me livre ;
A leurs rayons je prends un livre :
Un bon livre est un bon ami !

(1878.)

LA FUSION DES PARTIS

Sonnet n° 81

ADRESSÉ AUX ÉLECTEURS A L'OCCASION DE L'UNION ÉLECTORALE

Brouillon par esprit d'ordre et par devoir traqueur,
Un bras officiel qui vous tire en arrière ;
Divise vos cantons ! à sa ruse grossière,
Citoyens, répondez par un rire moqueur !

C'est en vain qu'on voudrait souffler sur la lumière :
L'union fait la force, et l'amour fait le cœur !

Gloire à tout peuple uni portant haut sa bannière !
Avec cette devise on est toujours vainqueur.

Quels que soient la cocarde ou le drapeau qu'il porte ;
Qu'il soit bleu, rouge, vert ou même blanc, qu'importe,
Si son bras est armé contre vos ennemis ?

Dut-il servir demain les intérêts d'un autre,
S'il lutte vaillamment aujourd'hui pour le vôtre,
Que ce frère d'un jour dans vos rang soit admis !

   (1868.)

SONNEZ FORT !

SONNET-CHARADE-MOT-CARRÉ-CONCOURS (1)

Sonnet n° 82

 Mon premier est un bel oiseau
 Qu'on élève à la serinette
 Et dont un livre tout nouveau
 Propose ici la devinette.

 Mon second d'un bruyant réseau
 Exprime la voix claire et nette ;
 Et *mon troisième* la complète
 Par un adverbe net et beau.

(1) Voyez à l'avant-propos du volume les conditions de ce concours, déjà expliqué, du reste, dans le sonnet lui-même.

Jusqu'ici la tâche est facile,

Mais il faut que l'esprit docile

D'un heureux poète inspiré

Y brille par une tirade

Renfermant dans une charade

Les trois grands mots du mot-carré.

(1878).

LA GUERRE ET LA PAIX
LA PAIX ET L'AMOUR (1)

Sonnet n° 83

Selon l'humanité, *la guerre* est un *outrage*

Dont les peuples entre eux se laveront *un jour,*

Si *la paix* vient de Dieu, le plus doux *avantage,*

La plus belle vertu de l'homme, c'est *l'Amour.*

L'union fait la force, a dit un vieil adage :

Puissé-je à mon pays annoncer son retour !

Plus de partis ! l'accord est le seul parti sage

Pour faire de la France un fortuné séjour.

(1) Le premier titre de ce sonnet fut le sujet d'un *quatrain-bouts-rimé,* proposé en concours par l'*Abeille cauchoise,* d'Yvetot, dans son numéro du samedi 22 septembre 1866, lors de la guerre des Prussiens contre l'Autriche. Le quatrain de l'auteur des *Sansonnets,* reproduit dans ce sonnet lui-même, remporta le premier prix sur les vingt-six meilleurs qui avaient été choisis et cités par la commission qui les reproduisit dans ce numéro.

Il s'agit aujourd'hui de composer un autre quatrain sur la guerre et le siège de Paris en 1870, pour le second titre du sonnet et avec les mêmes bouts rimés du quatrain.

Les Français sont vaillants, mais leur gloire asservie
A deux fatalités : la Discorde et l'Envie :
Le vainqueur de soi-même est le premier vainqueur !

Fou réactionnaire ou mauvais politique,
Qu'importe, si sa gloire à ce retour antique
Peut lui reconquérir son antique valeur ?

(1877)

LA RANÇON

Bouquet offert aux dames françaises, à propos de la sous-
cription patriotique ayant pour but de concourir à la libé-
ration des départements occupés par les Prussiens en 1872.

Sonnet n° 84

Notre sol envahi, sol conquis ou vendu,
Doit être racheté : que pour sa délivrance
Un élan généreux, trop longtemps attendu,
Se lève au doux appel de nos femmes de France !

Un bienfait, Dieu l'a dit, ne fut jamais perdu !
Quand l'obole du cœur se voue à la souffrance,
Son divin capital, nourri par l'espérance,
Avec son intérêt au centuple est rendu.

Demain, mères et sœurs, providence du monde,
Arriveront aux fins de leur sublime ronde
Et l'on dira : « Le ciel a béni leur moisson ;

« Nos cités ne sont plus sous la serre ennemie
« De la horde de sang que la guerre a vomie :
« L'ange de la patrie a payé leur rançon.

(Janvier 1872).

LA VALEUR NUMÉRIQUE

Sonnet n° 85

Héros industriels et soldats de fabrique
Les Teutons pour tous droits ont la loi du plus fort,
La Prusse a pour valeur, la *valeur*... *numérique*
Et pour expédients, des machines de mort !

Toute leur discipline est dans les coups de trique,
L'espionnage et le sac ; puis, en dernier ressort,
Ils ont pour tout génie ou talent stratégique,
Quand le flux les saisit, la clef... du coffre-fort !

Va ! l'Europe connaît les exploits de tes hordes,
Bismarck ; toute leur gloire est due à nos dicordes ;
Contre elle ont échoué d'héroïques trépas.

Il leur faut les forêts, les meurtrières, l'ombre :
A tes yeux, les vainqueurs sont la force et le nombre ;
Mais le soldat français meurt et ne compte pas.

(1870).

LE CAMPHRE

Sonnet n° 86

J'ai pour guide ici-bas l'impartialité.
Raspail sert de pontife à la grande Kermesse
De la foire aux moutons où la folle déesse
Planta le mat glissant de la Fraternité.

Ce nestor des Brutus, cher à l'humanité,
A servi tour à tour l'Empire, puis la messe,
Le camphre et l'amidon, doux enfants de la graisse,
Et fut leur bienfaiteur ; on lui doit *la santé*,

Ce précieux trésor qui seul vaut tous les autres,
Dont les savants docteurs se disent les apôtres,
Fut son lot ; mais Raspail fut aussi le parrain

Du grand official qui fait l'anatomie ;
Et de son noir chaos il tira la chimie,
Esclave du labeur qui vaut un souverain.

(1876.)

LES INVALIDEURS DE LA CHAMBRE BASSE

Sonnet n° 87

Courage ! invalidez !... qu'on frappe et qu'on assomme !
Rasez tout dans la plaine, élaguez, émondez !
Il ne faut pas chez vous qu'il reste un honnête homme,
Car il pourrait trahir vos méchants procédés !

Vous êtes les plus forts, osez tout, confondez
Ces tribuns courageux qui parleraient de Rome,
De bon droit, de justice, et qui pourraient, en somme,
Nettoyer Augias... Courage ! invalidez !

S'ils allaient dire, un jour, que les vrais invalides
Sont les *membres cassés*, insectes chrysalides,
Bataillon vide et creux par les vents emporté !

Nos radicaux rongeurs, réduits au ras de l'herbe,
S'entendraient dire alors, en rebours du proverbe,
Que les sots ici-bas sont en minorité !

(1878).

DIEU

Sonnet n° 88

Qu'est-ce que Dieu qui tout embrasse,
— Tout ! — Passé, Présent, Avenir ?
C'est l'être infini dans l'espace,
La durée et le souvenir !

Dieu, c'est le trait que rien n'efface,
L'éclat que rien ne peut ternir ;
C'est le temps devant qui tout passe
Et qui ne doit jamais finir !

Les peuples naissent et renaissent,
Et quand les trônes disparaissent,
Dieu seul, poursuivant son chemin,

Soutient le monde et lui révèle
La science toujour nouvelle
De la veille et du lendemain.

(1878).

LE 1er MAI 1878

Sonnet n° 89

Gloire à l'an dix-huit cent soixante-dix-huitième
De l'ère du Sauveur, au siècle dix-neuvième.
Qui célébrait hier le retour du printemps,
Des lauriers et des fleurs, symboles éclatants !

C'était le premier mai ; je veux qu'on s'en souvienne,
Car il me rappelait un songe : Londres, Vienne,
Berlin, Russes et Turcs, naguère combattants,
S'embrassant tour à tour, pleins d'espoir et contents.

Tous les peuples unis ont reçu pour consigne
Le Commerce et les Arts : c'est l'Europe qui signe
L'heureux hymen de l'Ordre et de la Liberté.

Tout Paris, de lumière et de joie étincelle ;
Et j'ai vu dans ce jour de paix universelle
Tout à la fois mon rêve et sa réalité !

(Mai 1878).

LES TÉNÈBRES

SONGE IMITÉ DE LORD BYRON

Sonnet n° 90

Voici ce songe horrible et ce qu'il me peignit :
L'astre brillant du jour à mes yeux s'éteignit,
La terre desséchée et les champs sans verdure
Erraient dans le chaos de cette nuit obscure.

Les plus braves tremblaient; la prière craignit !
L'enfer semblait avoir, dans un dernier murmure,
Brouillé le créateur avec la créature,
Satan lui-même au ciel sourdement s'en plaignit.

Les vents avaient éteint l'élément qui dévore,
Deux mortels ennemis seuls respiraient encore ;
Ces squelettes vivants, spectres glacés de froid,

Sur un reste de cendre épuisant leur haleine,
Font flamme, et chacun d'eux, à sa clarté soudaine,
Reconnu, tombe et meurt de colère et d'effroi !

(1871).

LE 30 MAI 1878

Erection de la statue de Jeanne-d'Arc à Domrémy le jour de
l'Ascension, anniversaire de la mort de l'héroïne.

Sonnet n° 91

Il est des souvenirs vénérés dans l'histoire,
Et d'autres que le temps a voués au mépris :

C'est que si les premiers sont les cris de la gloire,
Les seconds ne sont plus que la gloire des cris !

Ce qu'on voulut d'abord, fut un vœu dérisoire ; (1)
Dieu ne le permet point : la France l'a compris ;
Car un fait aujourd'hui bien digne de mémoire,
C'est l'élan spontané des dames de Paris.

Mois de mai, mois d'amour, mois que Marie honore,
Après avoir si bien salué ton aurore,
Nous ne pouvions pas mieux te couronnner de fleurs.

Rendons à Jeanne-d'Arc son droit patriotique !
Dressons une statue à la vierge héroïque !
Mais pas d'apothéose à ses profanateurs !

(Mai 1878).

LA COURONNE ET LA LIBERTÉ

Sonnet n° 92

Dans la marche du temps, sur la pente des âges
            Les Anglais sont nos devanciers,
De semblables revers et de pareils naufrages
            Nous ont engloutis les derniers.

Nos révolutions, à travers leurs orages,
            Ont suivi les mêmes sentiers;
Nous fûmes aussi fiers; mais ils furent plus sages,
            Bien qu'ils aient failli les premiers.

(1) On voulait célébrer le centenaire de Voltaire

Nous eûmes nos Stuart, nos Cromwell et leurs branches;
Mais ils ont dans leur chute et sous leurs avalanches
    Noyé leurs brouillons insoumis.

Ils ont su conserver, sous leur sage couronne,
Avec l'indépendance et la splendeur du trône
    Le respect de leurs ennemis.

    (1877)

LA FONTAINE SAINT-MICHEL

Sonnet n° 93

Quel tableau ! quel frappant mélange
De douceur et de majesté !
On trouve dans ce groupe étrange
L'histoire de l'humanité.

C'est bien là saint Michel Archange
Couronnant l'ange de bonté,
Et foulant du pied dans la fange,
Satan, l'ennemi redouté !

Ici, sa bouche est souriante ;
Là, son épée est flamboyante,
Sous l'étoile de Daniel :

Montrant l'innocence et le crime,
Il crie à l'un : « Fuis dans l'abîme ! »
Et dit à l'autre : « Monte au Ciel ! »

    (1875).

LA MAIN

TRADUCTION DU SONNET N° 166 DE PÉTRARQUE

Sonnet n° 94

Belle main qui serras la chaine de mon cœur,
Et couperas bientôt la trame de ma vie,
Toi, l'un de ces trésors que l'art, souvent vainqueur,
Mais parfois impuissant, à la nature envie ;

Main, si douce et pourtant si rude à mon bonheur,
Mise à nu par hasard, à mon âme ravie,
Ah ! ma félicité ne fut si bien servie
Que pour accroître encor ma peine et ma douleur !

Et toi, gant précieux dont la jalouse étreinte
De l'ivoire et du lys a conservé l'empreinte,
Toi dont le seul aspect eut pour moi tant d'appas,

Qu'au moins de mon bonheur l'illusion me reste !
Mais non, triste pensée, illusion funeste !
La main que tu couvris ne le veut même pas !

(1867).

_____

(1) Nous transcrivons ici plusieurs sonnets de Pétrarque traduits en vers
français par l'auteur de ce livre, et à cette occasion nous ouvrons un concours
pour une traduction de ce genre. Voyez pour les conditions de ce concours
le *programme général* qui fait suite à *l'avant-propos* du volume.

LE GANT

TRADUCTION DU SONNET Nº 168 DE PÉTRARQUE

Sonnet nº 95

Le jour où, chance heureuse à nulle autre seconde,
Du tissus précieux le hasard m'enrichit,
Je me crus le mortel le mieux servi du monde
En me représentant la main qu'il revêtit.

Il me fit riche et pauvre en la même seconde.
Depuis, jamais ce jour ne me vient à l'esprit
Sans que j'éprouve au cœur une douleur profonde
Qui me fait frissonner d'un amoureux dépit !

J'aurais dû conserver une si douce prise,
Mais un ange ordonnait ! et ce fut par surprise
Que mon cœur dut céder à ses puissants efforts.

L'amour eût dû sauver ce plus cher des trésors
Et me venges ainsi de la main dont les charmes
Imposaient à mes yeux tant d'inutiles larmes !

(1) Désespéré d'avoir cédé à Laure ce gant qu'il aurait voulu posséder ;
Pétrarque se plaignit le lendemain de la violence qu'elle lui avait faite,
et il composa cet autre sonnet.

C'EST TOUJOURS ELLE

TRADUCTION DU SONNET Nº 69 DE PÉTRARQUE (1)

Sonnet nº 96

J'ai vu ses cheveux blonds au souffle du zéphire,
Flotter en boucles d'or sur son cou ; ses beaux yeux
Dont l'éclat aujourd'hui se perd dans un sourire,
Eblouissaient alors. brillants et radieux.

Etait-ce illusion ? je n'oserais le dire ;
Mais faut-il s'étonner que, dans cet âge heureux,
Mon trop sensible cœur cédât à leur empire,
Lui qu'amour en secret brûlait de mille feux ?

Sa taille, son maintien, sa parole et son geste
Avaient je ne sais quoi de noble et de céleste
Qui ne ressemblait point aux choses d'ici-bas.

C'était un astre pur, brillant dès son aurore ;
Et dut-il même, un jour, palir, son ombre encore,
Sans refroidir mon cœur, suivrait partout mes pas.

(1) Quelques années après, je ne sais quel grand personnage étant arrivé
à Avignon, voulut tout aussitôt connaître cette Laure que, sur la lecture des
chants de son poète, il se représentait comme une beauté sans égale ; et
l'ayant vue : il s'écria : « Quoi ! C'est là cette belle Laure dont on fait tant
de bruit ! »

C'était blesser cruellement le poète ; aussi, dès le lendemain de cette
apostrophe, écrivit-il cet autre sonnet.

6

TRISTE DÉPART

TRADUCTION DU SONNET N° 215 DE PÉTRARQUE (1)

Sonnet n° 97

O suave regard ! ô gracieux langage !
Vous entendrai-je encor ? Vous reverrai-je un jour ?
Tresses de blonds cheveux ! tendres liens d'amour !
Douces chaînes du cœur, emblème d'esclavage !

Si j'aime à contempler un si charmant visage,
Que de pleurs, de regrets et de peine en retour !
Doux leurre, piége heureux qui m'offrez en partage
Un destin si cruel et si cher tour à tour !

Quand de ces yeux si purs, soleils de mon martyre
Sur mon cœur attristé, descend quelque sourire,
Fruit d'un hasard heureux, rayon consolateur,

Par un départ forcé qui loin du ciel m'entraîne,
Pour combler mon tourment, la fortune inhumaine,
Fait un poison de plus de ce beaume enchanteur !

(1) Plus tard encore, parti de Vaucluse, le 20 novembre de l'année 1347, Pétrarque, avant de se mettre en route pour l'Italie, voulut voir encore une fois Laure et lui adressa des adieux qui, à son insu, devaient être les derniers. Quoique la passion de Pétrarque n'eût plus alors cette énergie des premiers jours qui l'avaient fait naître, ils versèrent des larmes en se séparant. C'est la suite de cette scène attendrissante qui donna lieu à ce sonnet.

TRISTE SOUVENIR

TRADUCTION DU SONNET N° 13 DE PÉTRARQUE (1)

Sonnet n° 98

Que de fois seul, errant sur la rive isolée,
Foulant du pied ce sol arrosé par mes pleurs,
Pour soustraire aux vivants ma peine inconsolée,
A l'écho du vallon je contai mes douleurs !

Que de fois, maudissant ma jeunesse exilée,
Là, j'implorai la mort pour prix de mes malheurs !
La mort, en vain par moi mille fois appelée
Et qui m'aurait ravi la plus belle des fleurs !

Alors, je la voyais, tantôt nymphe plaintive
Chantant les prés, les bois, folâtrant sur la rive,
Se jouant dans la plaine au milieu des roseaux ;

Tantôt beauté terrestre, ange compatissante,
Pour distraire mon cœur de sa plainte impuissante,
Près d'elle m'attirer sur le bord des ruisseaux.

(1) Une autrefois, Pétrarque, toujours poursuivi de ses mélancoliques
illusions, croyant voir le fantôme de Laure se dessiner sur les bords de la
Sorgues et s'affliger de la douleur qui le tourmentait lui-même.

REGRETS AMERS

TRADUCTION DU SONNET N° 11 DE PÉTRARQUE (1)

Sonnet n° 99

Quand le ramage tendre et plaintif des oiseaux
Fait gémir du bosquet la retraite chérie,
Lorsqu'un léger zéphir du pur cristal des eaux
Fait frissonner la rive et rider la prairie ;

Si tout plaintif alors, j'erre sur les coteaux,
Ou si je pleure assis sur la mousse fleurie,
Un ombre m'apparait, ombre objet de mes maux,
Et j'entends autour d'elle une voix qui me crie :

« Insensé, que fais-tu? Pour de vaines amours
« Pourquoi sur mon trépas consumes-tu tes jours!
« La plainte qui te mine, à qui s'adresse-t-elle ?

« Tu me rêvais vivante et, quand je ne suis plus,
« Tu me rêves encor! tes pleurs sont superflus :
« Ce n'est que pour la paix que l'âme est immortelle ! »

(1) C'était vers 1352, à l'époque du traité de paix signé entre la reine de Naples et le roi de Hongrie, traité ratifié par le Pape Clément VI; des souvenirs de regrets avaient ramené Pétrarque au vallon de Vaucluse, et dans cette retraite où il avait de nouveau passé plusieurs mois à écrire ses compositions latines. Un jour d'Avril, se promenant sur les bords fleuris de la Sorgues, jetant des regards mélancoliques sur les bois et les rochers de la célèbre fontaine, il écrivit ce dernier sonnet.

LE DERNIER DES SANSONNETS

Sonnet nᵒ 100

Pour toi, mon cher lecteur, dans ce petit volume,
J'ai fait cent fois quatorze... oui, quatorze cents vers ;
Mais ma verve est à bout : mon marteau sur l'enclume
A trop longtemps, pour toi, fait retentir les air !

C'est le centième feu que ma main te rallume ;
J'ai fatigué l'écho de tous les bruits divers.
Et, comme j'étais près de retailler ma plume,
Mon Pégase éreinté montre ses quatre fers !

C'est assez : je retourne à mon trou d'hirondelles,
A ma muse des champs, à mes moutons fidèles
Que j'ai laissés au bois bêlant sur mes sonnets.

Nymphes des bois rêvez, *sonnez cors et musettes !*
Trompettes et clairons, et vous, chantez fauvettes,
Colibris, rossignolss, serins et sansondets !

(1878.)

FIN

TABLE DES MATIÈRES

SONNETS

L'Amour, la Gloire et le Trépas, page 1. — Le Siècle du Sonnet, p. 2. — L'Espérance, p. 3. — La Nativité, p. 3. — A Mᵐᵉ la duchesse d'Hamilton, p. 4. — Où est l'Ame immortelle? p. 5. — La Danse d'aujourd'hui, p. 6. — Triste à-propos, p. 7. — Musique et Poésie, p. 7. — Lamartine républicain, p. 8. — L'Immortelle blanche, p. 9. — La Conciliation, p. 10. — L'orpheline du Soldat, p. 11. — Sonnet célèbre, p. 11. — Un Beau Rêve, p. 12. — La Vertu, p. 13. — Les Echos parisiens, p. 14. — Réflexions d'un Spectateur, p. 15. — L'Heureux Retour, p. 16. — Julie, p. 16. — Gabrielle, sœur de Julie, p. 17. — La Semaine des Païens, p. 18. — Mystère, p. 19. — Le mot de Cambronne, p. 20. — La Provence, p. 20. — Les Démolisseurs littéraires, p. 21. — Lydia, p. 22. — Eugène Duclerc, p. 23. — A mes deux petites Filles, p. 23. — Ma mère, p. 24. — Laure et Pétrarque, p. 25. — Rome, p. 26. — Tu et Vous, p. 26. — Le Chemin de Fer, p. 27. — Le Joli mois de Mai, p. 28. — La Chambre, p. 29. — Trois Sonnets pour un, p. 30. — Chères Armes! p. 31. — Le Jardin de Pétrarque, p. 31. — Rabelais, p. 32. — Le Brave Crillon, p. 33 — Les Trois Vernet, p. 34. — Les Deux

ERRATA

Page 22, sonnet 24, vers 2e, au lieu de *faire*, lisez *taire*.

Page 61, sonnet 73, au titre, au lieu de *Napocaméléoniste*,
lisez *Napocaméléoniste*.

Page 62, au dernier vers, lisez : *Pour vous dire en deux mots.*

Paris. — Imprimerie C. Champion, 10 et 12, galerie Véro-Dodat.

TYPOGRAPHIE MORRIS PÈRE ET FILS

64, RUE AMELOT, 64